DU MÊME AUTEUR

Essais

LA TENTATION DE LA FRANCE, LA TENTATION DU JAPON : REGARDS CROISÉS (dir.), Picquier, 2003.

CÉLINE ET LA CHANSON : DE QUELQUES OREILLES QUE LA POÉTIQUE DE CÉLINE PRÊTE AUX FORMES CHANTÉES, Éditions du Lérot, 2004.

LE GOÛT DE TOKYO, anthologie, Mercure de France, 2008.

Maurice Pinguet, LE TEXTE JAPON, INTROUVABLES ET INÉDITS (éd.), Seuil, 2009.

JAPON : LA BARRIÈRE DES RENCONTRES, Cécile Defaut, 2009.

PENSER AVEC FUKUSHIMA (dir.), Cécile Defaut, 2016.

Romans

KIZU (LA LÉZARDE), Arléa, 2004, rééd. Arléa poche, 2013.

TOKYO, PETITS PORTRAITS DE L'AUBE, Gallimard, « L'Infini », 2004 (Prix littéraire de l'Asie 2005), rééd. Arléa poche, 2010.

SYMPATHIE POUR LE FANTÔME, Gallimard, « L'Infini », 2010 (Prix littéraire de la porte Dorée).

Récits

FUKUSHIMA. RÉCIT D'UN DÉSASTRE, Gallimard, « L'Infini », 2012 (prix Édouard-Glissant), « Folio » n° 5549.

MÉMOIRES D'OUTRE-MER, Gallimard, « L'Infini », 2015 (prix Franz-Hessel 2015).

L'Infini

Collection dirigée
par Philippe Sollers

MICHAËL FERRIER

FRANÇOIS, PORTRAIT D'UN ABSENT

nrf

GALLIMARD

Pour Sylvia

On possède un trésor aux merveilles sans nombre
Quand on n'a d'un ami ne serait-ce que l'ombre.

MÉNANDRE

Lorsque deux amis vivent en harmonie, ils créent une musique.

MATTEO RICCI,
Traité de l'amitié

Ça arrive comme une vague.

Cette nuit-là, j'ai compris ce qu'était une voix blanche. La voix de Jérôme était blanche.

Maintenant, les souvenirs affluent. Ça arrive comme une vague.

La voix est blanche et la chambre est noire. La maison est endormie dans le froid de décembre. L'hiver de Tokyo est toujours sec et froid : il ne te protégera pas. Le téléphone sonne. La mort surgit souvent ainsi, en pleine nuit. C'est un hurlement, ou un appel. L'écran lumineux m'indique que c'est Jérôme et que l'appel vient de Paris, mais la voix au bout du fil semble n'appartenir à personne et n'être reliée à rien. Elle est étrange, cette voix, elle n'est pas tout à fait calme, elle garde son calme, ce qui n'est pas la même chose. Elle est aux prises avec quelque chose d'immense et de profond – quelque chose comme une lame de fond. Alors, Jérôme m'annonce la nouvelle. Il me l'annonce doucement, presque délicatement, comme s'il recouvrait un corps, comme s'il dépliait un drap : François est mort cette nuit, il est mort noyé, dans la mer qui borde l'île de La Graciosa, au large des Canaries. Et puis l'autre nouvelle, dans la foulée, la même, une autre, je ne sais plus. Car il y a pire, si c'est possible : François n'est pas mort seul, sa petite fille, Bahia, est morte avec lui. Tous les deux emportés, engloutis par la vague – Sylvia restée seule, abandonnée, sur le rivage. Ça arrive comme une vague.

Jérôme, mon ami. Depuis l'adolescence lui aussi, comme François. Il est maintenant directeur d'un grand journal du soir, le « quotidien de référence » comme on dit : pas le genre à perdre son sang-froid donc, mais là, pas moyen, l'émotion lui noue la gorge, elle ne laisse rien passer, sauf ce filet de voix glacé. Jérôme m'a appelé tout de suite. Je le remercie muettement, je ne sais pas comment il a trouvé le courage de le faire, de m'annoncer la nouvelle de la manière la plus soigneuse, la plus ténue possible, avec une justesse qui n'appartient qu'à lui.

Mais cette voix alors, je n'ai jamais entendu ça... Il y a un timbre propre à chaque désastre, une acoustique de la détresse. Même avec les milliers de kilomètres qui nous séparent, je ressens *physiquement* une grande violence, la pression qui s'exerce à l'autre bout du monde sur sa cage thoracique. D'habitude, Jérôme a une voix calme, posée : la détermination des diphtongues, l'ampleur des labiales, le souffle narquois des nasales, toute la gamme de sa voix se déploie sur un ton aimable, conciliant, avec la patine d'un grand journaliste habitué à gérer les bouillonnements du monde. C'est une voix d'alto, douce et large : il l'enfle rarement, ne la force jamais. Très peu de mouvements brusques dans cette voix : sa vitalité ne se mue jamais en une véhémence, et il ne cherche jamais non plus à lui donner une inflexion caressante ou une ambiguïté calculée. Décantée de toute dureté, elle s'orne même en fin de phrase d'une pointe d'accent d'Ollioules, comme une branche de thym, qui lui donne une saveur particulière et une grande légèreté.

Mais aujourd'hui, François est mort. « François est mort », dit-il, et la voix de Jérôme est morte avec lui. C'est maintenant une voix sans timbre, sans qualité spécifique, une voix hantée par l'absence.

Sans hauteur, sans durée, sans intensité.

Une voix d'où toute musique se serait absentée. Plus rien en elle qui sonne ou qui résonne, plus rien qui s'élève, qui retentit. Toute la richesse de la matière sonore semble s'être dissoute, ou diluée, comme s'il pouvait y avoir une articulation sans voix, et une voix sans articulation, une voix absolument neutre, terrassée. C'est ça, la mort : il ne retrouve pas le secret de sa voix. Il ne retrouve plus en elle ce qui pourrait chanter.

Il fait des efforts pourtant Jérôme, il voudrait bien retrouver le dessin de sa voix. Mais il y a quelque chose qui ouvre et qui ferme les phrases et *qui ne vient pas de lui*. Ce n'est pas seulement que la voix semble fléchir sous l'effort qu'elle s'impose, mais elle est saisie par un ton glacial, une sonorité sourde. François… Bahia… Canaries… La Graciosa… Tous ces mots chatoyants qui faisaient se lever une île enchanteresse, le regard d'une enfant ou le sourire d'un ami, n'évoquent désormais plus que le vaste et sombre territoire de la mort. Chaque mot est nimbé d'une pâleur étrange, comme une bougie, et semble ne plus évoluer que pour lui-même, tel un cylindre dans le vide. Les phrases s'enchaînent et n'obéissent plus : elles tournent toutes autour d'un point aveugle, elles sont en partance vers un lieu anonyme, hostile et froid.

C'est la voix blanche : la réalité de la mort, son intolérable splendeur. Elle parle un langage très clair, ses articulations sont nettes et son message sans équivoque. Mais c'est comme une voix qui viendrait de derrière une porte et cette porte maintenant s'est fermée. Comme si toutes les suggestions possibles de la voix – l'ampleur de l'inspiration, le foisonnement des inflexions, les variétés de l'intonation, toute la multiplicité des souffles et la diversité des tons – s'étaient soudain résorbées dans une nasse, comme si la voix elle-même avait été prise au piège du son. Au cinéma, on appelle « scènes blanches » celles où « la caméra semble atteinte d'une émotion extrême affectant la pellicule même ». Alors, plus rien n'existe que le blanc.

C'est elle, la voix blanche, il faut l'avoir entendue une fois au moins pour comprendre. Blanche, blanche, elle n'est plus du tout apte à la communication, elle sort définitivement du spectacle. La voix blanche n'a plus rien à prouver, plus d'opinion à défendre, plus de jugement à porter : elle ne se réclame même pas de la plainte, ou de la protestation, elle se réduit au faire-part, à la constatation. C'est une voix qui appartient à tout le monde et à personne, où les sons se croisent sans vraiment signifier, où la mort elle-même se répercute, se réverbère, lointaine et régulière. Disparus, les mille petits bruits feutrés étouffés sous la langue, ces modulations musicales qui naissent sous la voûte du palais et viennent, à chaque instant, buter sur la ligne inférieure des lèvres, sur la barrière des dents, donnant à chaque voix son cachet particulier. La voix blanche, elle, n'existe plus qu'à la mesure de son insignifiance : plus elle souffre et plus elle est atone, plus elle voudrait crier et plus elle disparaît.

On dit que les grandes douleurs sont muettes, ou que la souffrance laisse sans voix. Ce n'est pas tout à fait exact. Quand un ami meurt, une partie de notre voix meurt pour toujours avec lui. Ce qui nous reste alors est une voix privée de sa parole, et plus encore, privée de toute parole, mais qui doit continuer à parler tout de même, une voix aux prises avec l'innommable – je ne peux pas continuer, il faut continuer –, une voix comme cette aube blafarde qui se lève maintenant sur Tokyo, couleur de lilas et de marbre, d'écume et d'hiver, de froid et de vent, couleur d'amitiés emportées par le temps. Blanc, blanc comme la cire des cierges, blanc comme un poignet sanglé, comme la face du noyé, blanc comme un lit d'hôpital, blanc comme le masque et les gants. Blanc, blanc comme des vers blancs, ceux qui ne riment pas, les vers désaccordés qui rongent la chair du cadavre. Blanc, blanc comme la plume, la neige ou la perle, comme la page blanche où je dois écrire ces mots maintenant. Toute cette blancheur, il faut la fureur de l'encre pour l'éteindre ou pour l'apaiser, pour l'éloigner ou la défaire, pour la distiller ou pour la sublimer.

Au Japon, le blanc fut longtemps la couleur du deuil. Au moment du décès, le temple était fermé et recouvert d'un grand papier blanc pour éloigner les esprits mauvais. On dressait une petite table près du lit mortuaire, couverte de fleurs et d'encens. Le corps du défunt était recouvert d'un kimono blanc, muni d'une paire de sandales et de quelques piécettes pour traverser la rivière des Trois Chemins, sa tête tournée vers le nord, ou vers l'ouest. Crémation couleur de riz ou de sucre, de pain ou de sel. Jusqu'au XVIe siècle, les reines de France elles aussi portaient le deuil en blanc : on leur donnait d'ailleurs le magnifique surnom de « reines blanches ». Pourquoi le blanc ? Parce que c'est la couleur du suaire, des os, du crâne, du cadavre ? Pas du tout : parce que le blanc est la plus belle des lumières, qu'il convient de rester digne et *beau* durant le deuil, et qu'à partir de là peut-être pourra se dire, sur la pierre blanche de la page, l'amour pour l'être perdu, et ce qui, en nous, le garde vivant.

OUVERTURE AU NOIR

Lentement, le blanc de la page devient une image à peine perceptible: les particules blanches ondulent sur un fond blanc. C'est quelque chose comme un appartement vide, un décor neigeux ou une plaque de marbre. La lumière est à la fois belle et inquiétante, presque irréelle.

Début d'une musique interprétée au clavecin: les Variations Goldberg *– deux claviers, trésors d'invention, croisements de mains fréquents. C'est la 25ᵉ variation, celle que Wanda Landowska nommait «The Black Pearl»: la perle noire. Le texte apparaît tandis que le plan tremble, sur lequel vont se détacher en fondus successifs les signes noirs.*

Le premier titre surgit, centré, en même temps qu'une ligne verticale noire se déploie, à gauche de l'écran, de haut en bas:

FRANÇOIS

La caméra descend et glisse le long de la ligne. Son lent mouvement accompagne et accentue le rythme de la musique.

La 25e variation est une des seules où Bach a laissé une indication de tempo, sur son exemplaire personnel, retrouvé en 1974 à Strasbourg, corrigé de sa propre main : adagio. C'est-à-dire : posément, modérément, en marchant doucement... Le reste du titre apparaît exactement au moment où la ligne verticale gauche touche le bord du cadre :

PORTRAIT D'UN ABSENT

Maintenant, la caméra se stabilise. Plan d'ensemble fixe au ras du sol. On entend un battement d'ailes sur la droite, comme un froissement de papier. Un oiseau noir vient de prendre son envol au milieu d'une brume compacte, au-dessus d'un chemin couvert de neige, à peine discernable. L'oiseau est le seul point de repère de ce plan d'une pureté étincelante.

Tandis que l'oiseau s'enfonce dans le brouillard, on distingue la silhouette d'une voiture, arrivant de face au loin, phares allumés. Peu à peu, un décor prend forme : il y a le mur d'un cimetière, une grille en fer forgé noir et une longue allée de peupliers, droits et fermes (la pointe tendue vers le ciel, effilée comme un stylo). La voiture s'engouffre dans un renfoncement de la route et disparaît un instant. On discerne maintenant, au pied des arbres, la silhouette d'un sans domicile fixe assis par terre, près du mur, en train de fumer. La voiture réapparaît, plus proche, sortant du renfoncement, face caméra. La musique se fait alors plus présente.

Plan d'ensemble sur le chemin enneigé. La blancheur du sol n'occupe plus désormais que le tiers de l'image et contraste avec l'obscurité des deux autres, où s'inscrivent progressivement tous les signes d'une allée menant vers l'entrée d'un cimetière.

Claquements de portières.

Une silhouette sort du blanc et avance face à la caméra. Puis une autre. Ils avancent en regardant le ciel. Ils scrutent le ciel comme pour trouver des réponses ou entrer en communion avec les disparus. Contre-plongée sur le ciel noir et les flocons qui virevoltent. Grâce à la musique, cette neige évoque moins une froideur qu'une certaine légèreté se déposant sur toute chose.

Dans un dernier battement d'ailes, l'oiseau quitte définitivement le cadre par la droite. Le titre disparaît d'un coup comme toutes les autres inscriptions, puis la ligne verticale s'efface de haut en bas.

*

C'est au cimetière de Montmartre que repose François, mort à l'âge de quarante-sept ans. J'avais fait sa connaissance trente ans plus tôt à Paris, quand nous étions étudiants. Ensemble, nous avons rêvé de faire un film de fiction sur l'amour et la physique quantique, et finalement c'est un livre que je dois faire, en son absence.

Jour de neige. Je suis entré dans le cimetière par l'entrée principale. C'est l'hiver, je ne sais pas exactement où est la tombe, Sylvia m'a dit qu'elle se trouve au nord-ouest, j'y vais un peu au hasard : j'avance, je marche sur le chemin blanc. Un soleil très doux et très pâle jette des lueurs dorées sur les tombes, fait briller les gonds rouillés des grilles, les ferrures des caveaux. Bénédiction du soleil : partout où il se pose, même sur un tombeau, il provoque ce léger éblouissement de l'œil qui suffit à le faire basculer à nouveau du côté du mouvement, donnant pour un instant à la monotonie de la pierre et du bronze l'effervescence du cristal.

Cette pierre noire, rude et roussie par le temps, est aussi adoucie par la présence de la neige, qui est tombée toute la nuit sur Paris. Sous le bleu du ciel, une brise faible mais froide fait trembler les bouquets tachetés de blanc. Les silhouettes des arbres se reflètent nettes et pures sur cette neige bleutée : marronniers, érables, tilleuls, thuyas... des ombres d'arbres légères comme des âmes. Tout autour, les tombes noires, appuyées sur d'impalpables ténèbres.

Si je suis passé par l'entrée principale, c'est que la porte Joseph-de-Maistre, de l'autre côté, n'est ouverte que le jour de la Toussaint. C'est une des nombreuses aberrations qui rendent ce cimetière si intéressant : même si c'est une des trois plus grandes nécropoles de la capitale, on ne peut y pénétrer que par l'avenue Rachel. L'« avenue » Rachel est en fait une simple rue : elle n'a ni la largeur ni la majesté des autres avenues de la Ville Lumière. Sa position excentrée, à deux pas de l'agitation de la place de Clichy, sa situation incongrue et à bien des égards paradoxale – c'est à la fois une impasse et une voie d'accès – lui donnent pour ainsi dire le rôle d'un sas, entre l'agitation des artères environnantes (boulevard de Clichy, rue Blanche, boulevard des Batignolles...) et le mutisme des sépultures. Sauf pour ceux qui y habitent, ou qui leur rendent visite, l'immense majorité des gens qui empruntent l'avenue Rachel le fait pour aller au cimetière de Montmartre. On peut dire que cette rue – assez courte au demeurant, mais bordée de grands arbres qui lui donnent l'allure d'une chauve-souris aux membranes végétales – est l'entrée du royaume des morts.

Dès qu'on les interroge, les rues parlent, elles racontent. Sous ses allures discrètes, l'avenue Rachel a une histoire peu commune : sous l'Occupation, elle faisait partie de celles que Paul Sézille, directeur de l'Institut d'étude des questions juives, voulait marquer d'une étoile jaune... Comme son nom l'indique en effet, Rachel était d'origine juive. Cette admirable tragédienne, passée en quelques années de la mendicité au Théâtre-Français, et qui allait redonner vie sur scène aux pièces de Corneille, Racine et Voltaire, a toujours souffert de l'antisémitisme, dans sa vie comme dans sa mort : la « fille aînée d'Homère et de Sophocle », comme la désigna un critique dramatique, avait le malheur de porter le même nom que la cousine de Jacob. Dans la France de l'époque, non plus que dans la nôtre peut-être, ce n'était un détail anodin. Je me demande ce que François aurait fait de cette histoire. Il l'aurait trouvée absurde, sans doute – mais pas plus que de marquer d'une étoile jaune une veste, une blouse, un tablier. Il était à l'affût de ces multiples événements invisibles, omis ou oubliés, qui forment l'envers – mais plus encore la *nervure* – de l'histoire contemporaine.

Une rafale blanche jette dans le cimetière un petit groupe de promeneurs échevelés. Ils pataugent, ils piétinent dans la boue… Plus loin, on entend des cris joyeux : ce sont des enfants qui jouent. Ils ont le nez rouge, les joues rouges, les mains rouges sous les cache-cols de laine. Les enfants aiment la neige, car la neige est cachottière : ils cherchent, ils trouvent, ils rient et leur souffle est comme une vapeur de théière.

J'avance. J'observe. Je cherche moi aussi. On considère souvent les cimetières comme des endroits lumineux et paisibles, où les proches du défunt sont invités à se remémorer leurs plus beaux souvenirs… Mais en ce qui me concerne, je suis surtout attentif aux plaques historiées, aux scènes ornementales ou artistiques (gravures mythologiques, devises religieuses, épigrammes ironiques), à l'enlacement étroit des fleurs et des lettres sur les stèles. J'entre dans les cimetières comme j'entre dans un pays : par les fleurs et par l'écriture, par les paysages et par la langue, par l'histoire. C'est une région funèbre, forée de tombes : chacune a ses traits propres, son *caractère*. Les inscriptions surtout me retiennent, comme un récit à la fois rêveur et précis qui ne serait fait que de noms propres et de quelques formules, belles autant qu'imprévisibles : le dessin des lettres romaines, des graphèmes hébreux ou des idéogrammes chinois, leur puissance d'assertion, horizontale, verticale ou parfois même oblique, leur insolence silencieuse, la profondeur explosive tapie sous leurs ingénieux jambages. Ces chiffres et ces vocables – toute la splendeur scripturale des cimetières – me semblent non tant les vestiges de la vie que son affirmation irréductible.

J'avance. Les feuilles et les fleurs sont prises dans la glace. Je pars à la recherche de François. Il est là quelque part avec sa fille, tapi entre un arbre de fer et un noisetier des sorcières. Je passe sous le pont Caulaincourt… Encore une anomalie : le pont, avec ses piliers en fer qui enjambent le cimetière, rase le sommet des monuments funéraires. Certains morts, ainsi, sont enterrés deux fois : ils gisent sous les plaques de pierre et sous les piles du pont. Les admirateurs de Stendhal mettront des années à le sortir de sous cette armature de fer, lui qui n'aimait rien tant que le soleil.

Je passe ensuite devant Fragonard, ou plutôt devant son fantôme. L'auteur du *Verrou*, qui décora aussi les plus somptueux appartements de Paris, n'a même pas une tombe à lui : celle-ci a été emportée par les remous des reconfigurations successives. Une simple plaque rappelle qu'il fut « inhumé dans ce cimetière », en marge, au bord du rond-point central. Je songe à Isidore Ducasse, qui fut enterré non loin de là, dans la partie nord, et dont on n'a jamais retrouvé la tombe. J'ai un faible pour ces feux follets : jusque dans la mort, ils restent des électrons libres.

Nord-ouest, toujours nord-ouest. J'avance au milieu des glaces, je cherche le passage. C'est un dédale, la recherche d'un ami mort : tous les chemins s'ouvrent, se ferment, se tordent… Je navigue entre les tombes. Dès qu'on quitte les grandes rues, il y a des goulets et des passes, des criques et des détroits, je ne trouve pas la tombe de François. Le vent a forci maintenant, il est plus âpre, plus violent. Le soleil a disparu, mangé par plusieurs nuages sombres. Je patine, je glisse, j'avance, le regard fixé sur la crête des croix. Ce n'est pas encore ici… ni là… La neige m'arrive en pleine face, me ferme les yeux. Me voici cerné par les tombes et le verglas.

Au loin, j'entends une chanson qui sort d'un immeuble voisin, portée par le vent : c'est une radio posée sur le rebord d'une fenêtre. Le vent secoue la butte, s'engouffre entre les tombes, bouscule… Que sont mes amis devenus, que j'avais de si près tenus, et tant aimés… Ils ont été trop clairsemés, je crois, le vent les a ôtés. Sous la morsure du vent, toutes les feuilles tombent.

Silence glacial. Le cimetière est complètement désert maintenant. Les cris des enfants se sont éteints. Il faut se rendre à l'évidence : je ne la trouverai pas aujourd'hui, la tombe. Il est tard, il fait trop froid, il faut partir. Je mesure de l'œil le circuit qui me ramènera à l'avenue Rachel et, par les étroites chaussées de terre qui encadrent les sépultures, je finis par rejoindre le chemin dallé. À la sortie du cimetière, je le croise à nouveau. Le SDF. Je le suis du regard, de loin. Il s'éloigne dans sa veste élimée. Il est transpercé par le froid lui aussi. Il marche sur le trottoir d'un pas très lent et, au moment où il va traverser la rue Blanche, il manque de perdre l'équilibre, poussé dans le dos par un coup de vent et une brassée de feuilles mortes.

*

Je rentre. Le petit studio rue d'Orchampt, en face du square, avec le bureau près de la fenêtre et la terrasse qui donne sur les arbres. C'est ici que je vis quand je suis à Paris.

J'allume l'ordinateur. Le petit rectangle de lumière apparaît. Internet, le grenier du monde : on s'y noie comme dans un gouffre ou on y plonge comme dans un coffre. Certains s'y enferment, d'autres s'y perdent, d'autres encore y meurent d'ennui. Internet, c'est la jungle. Quelquefois, je l'explore toute la nuit. Mais ce soir, une fenêtre s'ouvre tout de suite, qui me brûle les yeux :

Tags : Disparition, Radio
06 janvier 2014
Disparition de François Christophe

Le monde de la radio est en deuil. Hommage par Yves Nilly, premier vice-président de la SACD.

François Christophe est décédé accidentellement, ainsi que sa fille Bahia, pendant les fêtes de fin d'année. François

Christophe était au service des auteurs, des acteurs, de la création. Il était l'un des « nouveaux » réalisateurs de fiction à Radio France. Quarante-sept ans, ancien de la FEMIS, bourré de talent, curieux, attachant, une belle personne, c'est ce que chacun se disait après avoir travaillé avec lui ou l'avoir simplement rencontré. En quelques années, il a donné un souffle nouveau à la fiction radiophonique. Cela restera.

Ses récentes réalisations, l'adaptation en feuilleton de *Millénium* ou des *Misérables*, sont impressionnantes. Venu de l'image, il était naturellement un adepte du « film radiophonique », mais il aimait surtout jouer de la puissance évocatrice de la radio pour rassembler, brasser les genres et les gens, avec un rare souci et respect du public. Grands feuilletons, poésie avec Jean-Pierre Siméon ou « Nuits noires » sur France Inter, il y mettait toujours la même énergie et la même exigence.

Nous sommes très nombreux à être bouleversés par ce drame. Nos pensées vont à sa femme et à sa famille.

Je ne connais pas Yves Nilly, mais il résume bien la situation. Bourré de talent, curieux, attachant… De l'énergie et de l'exigence… Oui, c'est François : une belle personne. Son portrait fidèle.

Et pourtant, il manque quelque chose : la part d'ombre de François, sa violence radicale et, en même temps, intrinsèquement liée à cette dernière, la poésie qui le submergeait de partout, ce pouvoir des profondeurs… Les gens ne savent pas : c'est tout un pays inconnu dont ils vont être privés. Il lui restait des choses à accomplir… non seulement des émissions de radio qui, transperçant l'air, traversaient l'espace pour venir cribler d'émotion les auditeurs de France Culture, mais peut-être encore des films, des documentaires comme il savait les faire. C'était une mine, un trésor. Ci-gît François. Oui, c'est un *gisement*. Littéralement.

Il faudrait agrandir, déplier, déployer tout le potentiel qu'il portait en lui. Au fond, chaque personne est comme un de ces rouleaux qui, depuis l'invention du papier en Chine au Ier siècle, se sont répandus dans tout l'Extrême-Orient et que François aimait tant : les *Huit Fleurs* de Qian Xuan, la *Biographie illustrée du moine itinérant Ippen*, le *Sûtra illustré des Causes et des Effets*… Fleuve bleu de l'encre, dessins brochés d'or et d'argent, salve des idéogrammes : le rouleau François. Il faudrait prendre son temps, l'étendre sur une natte, puis patiemment le dérouler, section par section, comme si on commençait un voyage, comme si on se promenait dans un paysage. Alors, le *vrai film* de sa vie pourrait s'ouvrir et se diffuser sur cet écran de papier, avec ses zones d'ombre et sa lumière fauve, entre un liseré de jade et une baguette de bois, sur un revers tissé de soie.

*

Dans le deuil, le monde se renverse. La rotation de la Terre ralentit et son axe change, il semble se retourner dans l'espace et s'incliner sur un tout autre plan. La répartition des masses se modifie, redistribution des peines, des joies, des colères, des continents que nous portons en nous. Le changement de direction opéré par la mort affecte toutes les pensées, des plus bénignes aux plus importantes, des plus précieuses aux plus insignifiantes : le deuil s'installe très vite, tous les processus de lecture s'en trouvent bouleversés.

Me voilà à mon tour saisi par l'absence. Le soir surtout, quand les lumières du jour s'estompent puis disparaissent, le découragement me submerge. J'ai le souffle coupé, je suis atteint de « cette morne, muette et sourde stupidité qui nous transit, lorsque les accidents nous accablent, surpassant notre portée », comme disait Montaigne. Montaigne savait ce que signifie perdre un ami : de cette perte, il ne s'est jamais vraiment remis, mais d'une certaine manière toute son œuvre en est sortie. Maintenant, je suis dans mon lit, il est dans le sien. Nous sommes séparés pour toujours, nous ne pourrons plus jamais nous entendre. Ma langue s'engourdit, un liquide noir et glacé court dans mes membres, mes oreilles bourdonnent. Une double nuit couvre mes yeux.

*

La nuit est tombée. Après toute la blancheur du cimetière tout à l'heure, vient le soir – et avec lui, le noir. Je m'approche de la fenêtre, je regarde dehors. La neige, partout. C'est l'hiver. Le retour des grands froids.

C'est une nuit macabre où grondent des orages. Le vent attaque maintenant, s'infiltre sous les combles, passe par la moindre ouverture, entre les joints fatigués et les montants. Il vient mordre et braver tout ce qui ne s'ouvre pas: les dormants, les châssis, les parcloses... Le vent est l'image même du deuil, il se glisse partout et fait trembler les vitrages les plus robustes.

Il y a un moment dans la nuit où tout s'arrête: les projets, les certitudes, la nuit elle-même. Alors, les mots entrent en scène. Ça arrive comme la fièvre: mille phrases invisibles explosent dans l'ombre. Toute une flottille de vocables, une armada... ils sont venus croiser en moi du plus obscur de la conscience. Dans les ruelles aveugles du sommeil, ils se pressent vers moi, par groupes et par grappes, ils se serrent autour de moi, dans le tumulte et la cohue, lexiques et locutions, paroles et propositions. Aux limites du silence, ils font entendre leur souffle, en sourdine. Je dois prêter l'oreille, je dois descendre encore plus bas, plus profond, passer de l'autre côté, en mode mineur. Je dois me fondre, devenir une ombre, me rendre digne de leur obscurité.

Je vois sur le drap une déchirure légère, et c'est comme si la chambre tout entière menaçait de sombrer par cette écorchure. Je me retrouve soudain en présence de certains détails de ma vie, mais qui semblent réverbérés par un miroir bosselé et se catapultent aux quatre coins de la pièce. Des fragments de phrases se détachent, et des images apparaissent. Balustres, pièces d'eau… Cyprès, nappes de fleurs… C'est Versailles. Nous marchons, François et moi, nous cherchons la statue de Louis XIV sculptée par le Bernin et nous ne la trouvons pas. Je me souviens de cette promenade, mais dans le demi-sommeil qui m'envahit, la scène est étrangement ciselée, comme l'éclat froid et lointain d'un rayon de soleil sur une tasse brisée.

C'est Versailles, mais ce n'est pas Versailles. Une vague odeur de brûlé flotte sur les lacs, dans l'air passent des reflets de flammes. Il y a des troncs d'arbres noirs dépassant de l'eau, des restes de neige sur la berge, des taches d'un gris de suie. « Il faut retrouver Versailles ! » me dit François, et sa voix tremble. On avance, la statue est sur l'île, ils l'ont enfermée dans un cachot. C'est un piège, je le sens bien, un piège ouvert dans l'ombre pourpre… Sur le sol de grandes ombres indéfinies s'étirent comme des linges chassés par le vent.

Nous entrons dans un grand bâtiment délabré et soudain François disparaît. Je tente de le rejoindre, je me cogne aux meubles, des tables vermoulues, je pousse une porte, monte une volée de marches, et ici, au milieu du noir que je croyais total, je me retrouve devant une baie vitrée translucide et verte, d'un vert de chêne ou d'un vert d'algue, d'un vert d'insecte. Alors, un bourdonnement se fait entendre, les rouages du mécanisme se déboîtent, se retournent, s'emboîtent. Je comprends tout : l'architecte a oublié de construire la chambre de l'enfant. Il y a un point mort dans le château et l'escalier mène à un cul-de-sac. Quel que soit le chemin qu'on emprunte, on y aboutit toujours. On entend des pas lourds dans l'escalier. Mon cœur bat à coups de hache.

« François ! » Je crie son nom dans l'obscurité. Mais on ne prononce pas le nom des morts sans en payer le prix. Le piège se déploie maintenant de tous les côtés de la nuit. Je vois François qui revient, il a passé la baie vitrée, sa tête s'allonge comme un mufle de chien. La crypte est murée et il n'a pas trouvé la statue : elle a dû s'enfuir dans la nuit, montée sur son cheval ouragan. Maintenant, tous ses membres sont poudrés de blanc et recouverts d'un pardessus noir. Son corps ressemble à celui d'un danseur de butô, comme s'il était passé au talc, mais son visage reste dans l'ombre, il est littéralement mangé par l'ombre. Il est d'une pâleur affreuse, un cône de nuit sur le visage.

C'est une grande forme mortuaire. Elle lui ressemble, mais en même temps je ne le reconnais pas. Est-ce qu'il est venu me chercher ? Ou bien est-ce moi au contraire qui dois le mener quelque part ? J'ai oublié ou je ne sais plus, mais je devrais savoir. Il vient me rappeler notre très ancienne alliance. François… Il sait sur moi des choses, je sais sur lui des choses. Nous sommes les deux seuls à savoir. C'est cela, l'amitié, ce savoir partagé, les autres ne savent pas, c'est le savoir des choses de la mort. Et moi, qui sera mon rédempteur ? Un homme à tête de taureau ? Ou un taureau à tête d'homme ? Un jour, une vague m'emportera aussi et j'irai le rejoindre. Alors je deviendrai pour toujours incompréhensible aux autres, impénétrable aux autres. J'entrerai dans la zone interdite et, cette fois, je n'en reviendrai pas.

C'est la fin maintenant : nous sommes sur une île étrangère au milieu d'une forêt triangulaire dévorée par les flots. Le soleil se couche : portée à l'incandescence par le couchant, l'île enfonce comme un fer rouge son étrave dans la mer. François est avec Bahia, il se précipite et la prend dans ses bras, la vague soudain passe sur lui, le submerge et le tue avec elle, tous deux enroulés... Ne restent plus, à la fin, qu'un visage à la renverse et une main tombée par terre comme un galet.

Je le vois ! Il est là ! Il est à nouveau là, seul sur la berge. Je m'élance vers lui, mais il n'est plus là. Cette fois-ci, c'est sûr : François est mort.

*

François est mort, François est mort. Cette phrase revient constamment, comme si elle était à la fois une question et sa seule réponse. Le matin, au réveil, en préparant le café... L'après-midi, en faisant les courses, au supermarché... Cette unique phrase, tout au long de la journée. Et chaque fois qu'on pense en avoir terminé avec elle, le bourdonnement de cette parole revient comme une mouche à votre bouche, une abeille à vos oreilles, et à nouveau on doit la dire, car c'est tout ce qu'elle exige : être dite, être redite.

Quelqu'un est mort. Procession insensée de la parole devenue folle, et qui ne sait plus ce qu'elle doit dire exactement ni comment le dire, qui ne sait plus que répéter les mêmes mots, pendant des jours, pendant des mois.

*

Les cauchemars de cette nuit – presque des hallucinations – m'ont laissé exténué. Avec ce deuil qui m'atterre, qui de partout me fait la guerre, au temps d'hiver… C'est comme si la mort en personne était venue me visiter, comme si elle était venue me demander ma réponse.

La mort d'abord éblouit, elle sidère – puis elle aveugle, elle mure, elle emboutit. Tombe, mort, deuil, comme ces mots sont lourds… Un bruit morne de rumination s'empare de la narration des jours. Il faut se sortir de là, de cette mise aux plombs de la cervelle. Depuis que François est mort, je vais souvent à la fenêtre. La rotonde qui donne sur le square m'attire irrésistiblement. D'ici, je discerne la façade arrière du Bateau-Lavoir. C'est là que *Les Demoiselles d'Avignon* ont été dévoilées pour la première fois, il y a plus d'un siècle maintenant, dans une petite maison de brique et de bois bâtie sur le flanc d'une carrière éboulée.

Il faut connaître l'histoire du Bateau-Lavoir : une dizaine d'ateliers d'artistes, avec un seul point d'eau près duquel on fait sécher le linge (d'où son nom). Quelques studios mal chauffés, mais dotés de grandes verrières où la lumière entre à flots : ondulations, rayonnements, vibrations, c'est le « laboratoire central de la peinture moderne » dira Max Jacob. Quand l'ancien bâtiment s'est affaissé, à la suite de l'effondrement d'une carrière, on l'a d'abord remplacé par une guinguette puis par cette série d'ateliers. Comment ? Les vides, les silences et les zones d'ombre seraient aussi les conditions de possibilité d'un commencement ? C'est ainsi en tout cas qu'est né l'art moderne, sur l'emplacement d'une ancienne manufacture de pianos et d'un bal populaire, à la faveur d'un glissement de terrain.

Il existe plusieurs esquisses des *Demoiselles* de Picasso, livrées dans des carnets disparates et explosifs, qui sont autant de pistes multiples vers le dessin final : esquisses au crayon noir ou à la mine de plomb, études de visages et de bustes, portraits aux yeux baissés… Omoplates, clavicules, sourcils, grands corps nus penchés vers l'arrière ou bras tendus vers l'avant : le corps humain sous tous ses angles. Picasso sait mieux que tout autre, dans sa mansarde, transformer le plomb fixe du souvenir en une gerbe vivante de figures et de gestes. Comme en tout art, il s'agit de *faire apparaître quelque chose.*

François, Bahia… Ils sont morts. Cette vérité, il faut la dire. Rien ne remplace jamais quelqu'un qui est parti.

Nulle compensation, pas même de consolation : le chemin des funérailles ne mène jamais à celui des retrouvailles. En vérité, il ne mène à rien.

Bientôt, il sera trop tard. Le silence recouvrira tout, comme la neige. Il ne restera que ce livre alors, comme une force qui a été captée quelque part, un jour, et qui dès qu'on ouvre le volume et qu'on en tourne les pages se trouve comme par miracle remise en circulation ailleurs.

Je me retourne, je vais vers la bibliothèque. C'est à moi de jouer maintenant. La littérature est l'art du deuil par excellence et, dans sa fragilité même, le papier est supérieur au marbre. Pourtant, quel travail de ténèbres il faut pour l'extraire, ce livre... C'est un tombeau, il faut le rendre à la fois aussi grave que le marbre et aussi léger que le ciel.

Maintenant, leurs corps sont perdus et le vieil avare des glaces tient leur âme captive dans sa bourse de cuir. Le vrai tombeau, c'est l'oubli. J'écris ce livre pour lutter contre cette seconde mort qu'est l'oubli. Ce n'est pas vraiment de leur disparition que je vais parler, mais plutôt du lien que j'entretiens avec cette disparition, de cette étrange et faible attache qui, par-delà les jours, les mois et les années, nous lie et nous relie – jusqu'à ce qu'advienne le temps, toujours inimaginable, de notre propre disparition – à ceux qu'on aime et qui s'en vont.

PREMIÈRE PARTIE

LES QUATRE CENTS COUPS

1
LE LYCÉE LAKANAL

Les images se succèdent, comme un film. Quelquefois, le film déraille et finit par se bloquer sur une des images. C'est à ce moment précis que l'écriture entre en jeu. Ce n'est pas l'image que je cherche mais l'effet persistant d'une présence. Ainsi, le texte ne forme pas le cadre d'un souvenir, mais l'ouverture d'un espace : c'est une sorte de brèche où le temps circule, où la mémoire se réveille et bondit.

Maintenant, les phrases prennent leur essor et montent à l'assaut de la petite chambre, cachée au cœur du triangle formé par l'avenue du Président-Franklin-Roosevelt, l'avenue Claude-Perrault et l'Allée-d'Honneur qui mène droit vers le château de Sceaux. Elles franchissent la grille, se précipitent dans la cour, se ruent sur le bâtiment des classes préparatoires, montent sur l'aile sud-ouest, se faufilent par les angles, traversent les jours et les nuits.

Les mots n'ont pas de lieu final, ils n'existent que dans leur bondissement, dans la relation qu'ils entretiennent avec les autres mots et les autres textes, dans l'intervalle qu'ils creusent ou qu'ils comblent avec les siècles passés et les livres à venir… Ils partent à la rencontre d'un œil vif, d'une oreille affûtée, d'une bouche vivante, qui pourra leur redonner le bonheur du souffle : ce qu'on appelle une âme.

Les phrases, les phrases sont le bruit du sang, qui circule joyeusement, avant que la mer les boive, avant que la mort les prenne, avant que le silence les broie.

*

En arrivant devant le numéro 3 de l'avenue du Président-Franklin-Roosevelt, à Sceaux, on marque un temps d'arrêt. Est-on vraiment devant un établissement scolaire ? Le grand portail vert d'eau, appuyé sur deux murets de pierre, est entouré d'une grille en fer forgé et surmonté d'une frise de branches métalliques : une série de tiges enlacées se déploie en une suite de découpures, de lobes ou de dentelures. Comme des flèches jaillies d'un carquois, les festons s'arrondissent sur les hauteurs et dans les angles, se glissent sur les murs de pierre et viennent se greffer sur les tuiles grises des toitures. Ici, nul clinquant, nulle fioriture : torsades et spirales déroulent simplement le pur tracé qui présida, il y a plus d'un siècle maintenant, à leur enroulement.

Le portail s'ouvre sur un vaste parc auquel on accède par un sentier pentu et pavé. Un cèdre est sur la gauche, un chêne sur la droite. Ainsi, entre l'emblème de la splendeur orientale et le symbole de l'hémisphère Nord, on entre dans le Lycée Lakanal comme si l'on se faufilait au cœur des mondes. Plus loin, un pin de Corse, un tulipier de Virginie, un prunier d'Iran, un séquoia géant de Californie. Un grand silence se fait, qui va s'agrandissant au fur et à mesure qu'on monte vers le bâtiment principal : les bruits de la rue s'éloignent, on pourrait entendre un puceron marcher, une grenouille glisser, un papillon voler.

Ensuite, tout est étendu, ombragé, arithmétique : plus on monte et plus on est émerveillé par la quiétude des lieux et par l'ampleur du parc. Le bois est profond et le sentier rapide. La solitude grande. Les brumes de septembre blanchissent les rameaux noirs des châtaigniers, le givre frémit et craque sous les pieds. Le long des noisetiers qui bordent les allées, des papillons passent comme des fleurs ailées. Tout autour, les branches s'envolent par plans superposés. Les branches et les feuillages font écho à la grille de l'entrée : le secret de l'univers a été percé, les arbres et la géométrie se répondent, un ensemble d'ondulations traverse la crête des bâtiments qui se découpe au loin sur le taffetas changeant des feuillées.

Une légère odeur de résine plane sur l'ensemble, une senteur gaufrée de camphre doux, fondante et apaisante. C'est une odeur jaune, grenue et friable, le parfum des sorcières du bois. Au loin, près d'un cerisier du Japon qui marque l'entrée des salles de classe, on peut voir des silhouettes emmitouflées dans de grands manteaux de coton ou de lin. Ce sont elles, les Scéennes, les lycéennes, les jeunes reines de Sceaux, de son lycée et de son château, de son parc et de ses jardins. Elles passent, fines, altières et droites, entre les chênes et les charmes, comme des hampes de lilas blanc. L'amour rôde sous les cerisiers.

Une faune discrète peuple ce parc et ses alentours. La chanson des rouges-gorges accompagne le visiteur lorsqu'il traverse le parc pour monter vers les bâtiments. Le tronc cannelé du myrte, le saule aux branches torsadées laissent s'échapper des volées de grives, des escadrilles de moineaux. Un regard latéral vers les sous-bois découvre un fouillis de rainettes et de couleuvres, dans les recoins garnis d'arbrisseaux fous et de vigne vierge. Plus loin, tout un parterre d'écureuils occupés à grignoter des graines, à mangeotter des baies.

Enfin, comme la pente se fait moins raide, on débouche progressivement dans une série de quatre cours carrées, plantées d'arbres à intervalles réguliers et semées de feuilles de marronniers. Les bâtiments sont polychromes : briques, faïences et métal en forment la trame, des multitudes de touches rouges ou ocre, orangées, piquées dans la blondeur de la pierre de taille, contrastant avec les flèches grises des tourelles. Cette nuée de couleurs pimpantes forme partout sur les murs de petits bandeaux de lumière dorée, impalpables comme des reflets et chatoyants comme des vitraux.

Lakanal… que l'on prononce ce nom et les puissances se lèvent… C'est une ville dans la ville, une cité dans la cité, un État dans l'état d'esprit. Étrange monastère laïc, à la fois château et abbaye, jardin et bibliothèque, cloître et royaume. Dans une douce odeur de châtaigne, sous la protection des arbres et leur influence bienfaisante, les sensations s'ouvrent et les enfants comme les adultes y développent un singulier pouvoir de perception. Car Lakanal n'est pas un lycée : c'est une île. Une étrange exception, un condensé de l'esprit français, entre la ferronnerie et la tapisserie, la pierre précieuse et l'arabesque, le nid d'abeilles et la couronne. Il y a une densité poétique de Lakanal. Cette poésie est liée directement au site. La lumière, le son, les lignes, les couleurs, les mousses, le vent, les oiseaux… ce sont les armes de Lakanal.

C'est au Lycée Lakanal, âgé de dix-sept ans à peine, que j'ai fait la rencontre de François.

2

FRANÇOIS À SA FENÊTRE

Je me souviens de la première fois où j'ai vu François, à l'Internat du Lycée Lakanal. François est dans la chambre à côté de la mienne, juste au milieu du couloir. Nous sommes à l'exact milieu du couloir, pour ainsi dire en son cœur, ou pour mieux dire encore : son épicentre. Par un singulier hasard, pendant deux années de suite, nos chambres se trouveront l'une à côté de l'autre, successivement au premier et au deuxième étage. D'emblée, nous sommes voisins. Ce voisinage durera toute ma vie.

Soudain une brusque clarté, un beau jeudi soir glacé : c'est François. J'arrive avec ma valise. Il est seul, debout, au milieu du couloir. Qui est-il ? Que fait-il ici ? Je ne le connais pas. Et pourtant il me semble que je le connais. Et même, planté ainsi au milieu du couloir, il me semble qu'il m'attend.

François, c'est avant tout un « drôle de corps », comme le dit le titre d'une pièce de Couperin, musicien qu'il aimait tant. La nature l'a taillé en long : son nez est bien dessiné, ses épaules sont maigres et tombantes, sa tête légèrement arrondie sur le sommet et à la base du menton. Rien ne s'étale chez lui, tout s'oriente vers le haut très vite (les sourcils, épais, qu'il lève souvent au ciel) ou s'affaisse vers le bas très lentement (la bouche, fine, qui soupire doucement). Ses cheveux aussi sont longs, à cette époque ils touchent presque ses épaules. Châtain clair et soyeux, extrêmement doux au toucher. Il est plutôt bien coiffé, plus sac de blé que botte de fourrage, mais il y a toujours quelques mèches rebelles qui s'échappent sur les côtés.

Son corps n'est pas galbé. Il n'a rien de massif ni d'écrasant. Le ventre est plat, presque maigre, les bras sont étirés : il a très peu de muscles, c'est une charpente bancale, comme une maison sur le point de s'effondrer. Et pourtant : l'ensemble de sa silhouette dégage une grande impression de fraîcheur et d'énergie, un peu comme ces boxeurs longilignes qui ne semblent pas disposer de moyens physiques exceptionnels, mais frappent avec rapidité et sous tous les angles, à l'abdomen, aux flancs, au visage, avec de nombreuses esquisses rotatives, et arrivent ainsi à désarçonner des poids lourds au style plus académique, ou des combattants plus trapus mais plus fixes. La longueur, l'étirement, telles sont ses forces, paradoxales et renversées. Il est allongé, échelonné, élancé : on dirait un crayon, une ébauche projetée à la plume, une silhouette esquissée au roseau.

Quoiqu'il dépasse le mètre quatre-vingts, François est voûté, habillé de grands pulls en laine ou d'amples chemises de coton blanc, qui lui donnent toujours l'air de flotter en avançant. Il entre dans votre chambre sans jamais frapper, sans crier gare, sans s'annoncer : il arrive, précédé de ses bras et de ses mains comme les poulpes de leurs tentacules, élégant et dégingandé, déferlant et proliférateur, filiforme et fuselé. C'est l'impolitesse même, mais il est tellement charmant et sa conversation si palpitante qu'il ne vous importune jamais.

François est une pieuvre : il a les bras trop longs et les mains trop grandes, de belles mains fines de pianiste cependant, avec les ongles soignés et les doigts déliés, qui semblent toujours avoir besoin de dévorer l'espace à leur entour. Quand il parle, il a l'air d'avoir huit bras, seize mains, trente-deux doigts, soixante-quatre phalanges et des milliers de terminaisons nerveuses... Qu'on lui donne un clavier, et c'est la fougue dans la salle – Bach, Couperin, Haendel, et puis Scarlatti et encore Bach : en quelques instants, l'espace monte, s'agrandit, s'amplifie, s'architecture tout en hauteur et se change en une cathédrale de sons. Qu'on lui donne un texte à lire ou à commenter – Rimbaud par exemple, qu'il vénère, ou Saint-Simon, sur lequel il rédigera son mémoire de maîtrise –, ses mains soudain se calment, s'apaisent, sa bouche s'ouvre et c'est un grand silence, tout le monde boit littéralement ses commentaires : ses explications sont passionnées mais sèches, claires et précises, sans un gramme de snobisme, sans une once de jargon. Chez lui, la sécheresse remplace l'épaisseur, la densité surpasse la masse. C'est un corps aigu, tout en lignes et en mouvements, une présence suraiguë.

Comment naît une amitié? Nul n'en sait rien. Mais il y a entre nous, dès le départ, quelque chose d'animé et de vif. Ce n'est pas de l'ordre du principe rationnel, d'une intellection ou d'un calcul. Cela ne repose sur aucun raisonnement, mais sur une expérience intuitive – physique et intellectuelle à la fois – de cette présence si particulière.

*

Il est des parties du corps dont on ne parle jamais, et qui en disent pourtant long sur un être humain, sur sa faiblesse ou sur sa force, sur ses secrets. Des parties absentes, des zones blanches. Le plus souvent, on prétend comprendre quelqu'un en l'interrogeant sur son passé ou sur ses projets, en le faisant parler de ses échecs (supposés) ou de ses réussites (proclamées). C'est la fange de la mauvaise psychologie, celle qui prétend tout expliquer à partir, au choix, du secret des familles, du réseau des relations sociales ou de la nuée des liaisons amoureuses, les unes et les autres le plus souvent inextricablement enchevêtrées dans une confusion épouvantable. Mais on ne se débarrasse pas ainsi des corps. Souvent, un mouvement bien précis des épaules ou le pli d'une bouche vous en apprennent davantage que la glose toujours incertaine d'une série d'intentions volatiles.

La mémoire est physiologique avant d'être psychologique. Les jambes, les bras sont pleins de souvenirs engourdis. Partir de la peau, du teint, observer la silhouette et le maintien. Puis s'approcher de la couleur du visage, noter les poches sous les yeux, scruter les rides sur le front. Bien écouter la voix, les souffles, mais aussi les palpitations du cœur, les regrets qui se lisent comme des graffitis sur les parois des tempes, les espoirs qui persistent longtemps au frisson des poumons. La seule clef de la psychologie cède alors la place à tout un trousseau de perceptions qui permettent, parfois, d'apercevoir le scintillement de minuscules pierres précieuses que chaque personne accumule au plus profond de lui.

Toutes ces parties du corps sont à la fois les plus difficiles à atteindre et les plus essentielles. Il nous manque un certain nombre d'organes pour le faire, mais là où le regard ou l'odorat nous abandonnent, il y a un certain sens interne, personnel, privé et profond, un scalpel intérieur que l'écriture nous permet d'aiguiser, une corde mystérieuse qu'elle seule peut faire vibrer.

Chez François par exemple, tout passe par les sourcils. Il peut lever, baisser ou froncer les sourcils de mille manières, qui révèlent l'étonnante gamme des pensées et des émotions le traversant à toute allure et à tout instant. Comme dans le théâtre nô, où un geste lent et à peine esquissé, mais d'une ampleur calculée et d'une orientation toute spécifique, peut indiquer tour à tour une montagne embrumée dans le lointain, un lever de soleil ou le chant d'un oiseau, la moindre inflexion de ses sourcils suggère une humeur ou une réflexion différente. Quand un importun vient le déranger tandis qu'il écoute de la musique, il fronce les sourcils avec inquiétude, comme si on lui avait donné un coup de coude en plein ventre, mais une fois qu'il est sorti de la chambre, je vois ses sourcils redessiner tranquillement leur ligne d'horizon. Quand il évoque les splendeurs de Rome ou de Venise, la ligne de ses sourcils se calque sur le dessin d'une arcade cintrée. Quand il parle des rivages du Sénégal battus par les vents atlantiques et des tourbillons qui balaient le nord du pays, c'est tout broussailles et batailles : chaque sourcil devient un promontoire déchiqueté et battu par l'écume.

Enfin, quand il regarde *L'Évangile selon saint Matthieu* de Pasolini, son sourcil droit s'incline vers la droite comme pour y faire tenir un monocle. Cette simple inflexion transforme sa pupille en un disque coupant comme le diamant et donne à son regard une intensité noire : on sent vraiment qu'il est en train d'absorber le film, de s'en imprégner et d'en analyser tous les éléments, la mise en scène, le cadrage, les mouvements de caméra... Pourtant, cette formidable rumination intérieure n'est visible qu'à la pointe du sourcil.

*

Il y a sa barbe aussi. François porte toujours une barbe de trois jours. Pas deux, ni quatre, non : trois jours, pas un de plus, pas un de moins. C'est selon lui le bon équilibre entre le duvet de la barbe naissante, la *prima barba* ou la « barbe follete » comme on disait au XVIIIe siècle, et la brande buissonnante des vieilles barbes.

François n'aime ni la barbe nonchalante, ni celle qui montre trop d'affectation. Il ne veut pas d'une petite barbe en pointe trop soignée ni d'une large barbe ronde négligée. Il se méfie des barbes surmenées et industrieuses aussi bien que des barbes indolentes et paresseuses : il veut une barbe comme celle que le lierre fait aux statues dans le parc de Sceaux, mouvante, subtile, légère, presque indécidable, d'un noir très profond et d'un tracé très précis.

Il aurait été – un poil – agacé par les nouvelles barbes qui fleurissent ces jours-ci, les barbes à la mode des *hipsters*, carrées et fournies de telle manière qu'on les prendrait aisément de loin pour des ours, mais toutes calibrées sur un modèle identique, avec très peu de variantes, de nuances, de tonalités. Ou celles, désormais quasi obligatoires, des députés voulant devenir membres du gouvernement : barbes cyniques, barbes partisanes, poussant en quelques nuits au menton des carriéristes et qui leur donnent l'air de sous-chefs à leur bureau. Une barbe épaisse mais très disciplinée sied à la gravité de ce nouveau clergé, à la fois attribut du pouvoir et nouvelle figure de la respectabilité. Sans parler même des barbes des fanatiques, qui sont le revers de leur manque de virilité, de leur impuissance fondamentale. La barbe soit de tous ces barbus ! Porter la barbe de manière digne semble devenu presque impensable aujourd'hui.

François est très exigeant sur la sienne : il cultive sa barbe de trois jours avec un soin particulier. Comme il le dit lui-même : il est soigneusement mal rasé.

*

Plus je l'observe, plus François me paraît bien plus ténébreux que l'image douce et enjouée qui se dégage de lui au premier abord. Ses yeux sont verts et rieurs. Sa bouche a toujours l'air étoilée d'un sourire très léger. Mais si l'on y regarde de plus près, on peut apercevoir un gouffre qui palpite sous ses paupières, une lézarde qui s'insinue dans le fin sourire qui flotte sur ses lèvres. Ce visage à la peau veloutée a des zones d'ombre et de tourmente : jeune encore, il est déjà sillonné de petites rides et marqué de cernes, qui révèlent un tempérament festif et noctambule, mais sont aussi des traces d'inquiétude et même d'anxiété. À l'étudier plus attentivement, chaque détail physique semble chez lui marqué par une agitation, tantôt désordre, tantôt doute : François est un être d'une grande complexité.

Son buste est rarement droit : François n'est pas seulement long et voûté, il est souvent penché. Quand il écoute de la musique, quand il regarde un tableau, quand il explique quelque chose… Si le mot *caractère* désigne à la fois une façon de penser et une lettre d'imprimerie, alors François est un *i*, en italique. Quelque chose l'entraîne vers le gouffre et le tire vers le haut en même temps.

Certains traits de sa physionomie sont des lignes délicates, tremblotantes, hésitantes (les mains notamment, qui bougent énormément), alors que d'autres sont plus droits, plus élancés, avec des transitions plus angulaires (la naissance du cou, les lèvres minces et volontiers pincées), qui dénotent une grande détermination. Son corps est à la fois abrupt et ondoyant, tour à tour royal et tâtonnant, hésitant et triomphant. On retrouve cette complexité dans ses attitudes : ses saillies cruelles d'un côté, sa tendresse et son dévouement de l'autre. Il se moque toujours de tout le monde, mais il est véritablement à l'écoute de chacun. C'est un étrange mélange de nonchalance et de nervosité. Il est très beau et très contradictoire.

Le plus bel exemple, c'est sa démarche. C'est le contraire d'une allure régulière et monotone. François marche comme s'il avançait toujours entre plusieurs mondes, il se déplace par éclaboussures ou par répercussions : des tours et des détours, des courbes et des crochets, comme une série de ricochets sur l'eau, de chuchotements à travers l'espace, une suite vagabonde qui ne semble avoir d'autre but que de déjouer les traces et de dérouter les poursuites.

Dans le magnifique portrait que Charlotte Zwerin consacre à Thelonious Monk, *Straight, No Chaser*, vers la quinzième minute, on voit le pianiste dans les coulisses du Five Spot Café en train de déambuler de manière délectable : des haltes brusques, des reprises, des faux départs, des récidives… Il sourit, il est sérieux, il s'amuse : c'est comme s'il essayait d'attraper un papillon. Quelques minutes plus tard, il est en route pour son premier « World Tour », sautillant d'un concert à l'autre, de Genève à l'Australie. Dans un aéroport suisse, alors que sa femme Nellie est en train de retirer de l'argent au bureau de change, il recommence son quadrille : un petit pas de deux, deux petits pas de danse… C'est une démarche d'acrobate, toujours sur les pointes.

De temps en temps, en plein concert, il se lève de son piano et il tourne, il tourne, en chantonnant une mélopée invisible… C'est l'homme aux mille tours. Matador de l'invisible, semblant pivoter autour d'un très ancien Minotaure. Ses mains plantent sur le clavier des banderilles sonores et imprévisibles. Pendant que les avions tournent autour du monde et que les mains des banquiers gravitent d'une liasse à l'autre, les doigts de Thelonious Sphere Monk virevoltent sur le piano et il esquisse en tout point du globe son rodéo tourbillonnant.

On a dit que Monk était fou, qu'il était atteint d'une forme d'autisme ou de schizophrénie, ou encore d'une maladie mentale non identifiée. Oui, c'est possible. Mais alors que la ronde des billets ne cesse pas, il semble le seul à être profondément raisonnable, le seul à garder intact en toute situation son pouvoir d'improvisation et de bifurcation.

Nous avons, François et moi, une immense vénération pour Monk. Le voir marcher dans le film de Zwerin fut une révélation : Monk ne marche pas au pas, il danse, il chante, il joue – il pense et il marche du même pas. Sa musique est en harmonie profonde avec son corps et sa façon de vivre. La démarche de François n'est pas aussi surprenante : elle est moins flambante, moins fringante, plus lente et plus coulée. Mais elle lui ressemble, non pas parce qu'il l'imite mais parce que, comme Monk, il se situe toujours un peu à part. Toujours, un pas de côté.

Cela lui donne un petit air pimpant. C'est aussi, je l'apprendrai plus tard, une marque d'instabilité, mais pour l'instant je n'en vois que l'aspect le plus séduisant. Une forme de déprise, de déstabilisation permanente. Il n'est jamais là où on l'attend, mais il n'est pas toujours non plus là où on ne l'attendrait pas. Toujours, à tout instant, il compose sa propre topographie.

*

Rien n'est plus difficile que de parler de l'amitié. Qu'est-ce que l'amitié ? Nul n'en sait rien, et les hypothèses se multiplient à mesure de notre ignorance. L'amitié est un fantôme : la difficulté éclate dès qu'on essaie de la définir. Aujourd'hui encore, aujourd'hui surtout, il y a des amis partout, et pourtant, elle est plus invisible que jamais. Et tous les « amis » Facebook confirment plus que jamais ce que disait déjà La Fontaine :

Chacun se dit ami ; mais fou qui s'y repose
Rien n'est plus commun que ce nom,
Rien n'est plus rare que la chose.

Il faut se rendre à l'évidence. Dans la grande confusion du monde, personne ne sait ce qu'est l'amitié. Même Montaigne, le grand Montaigne, notre maître à tous, n'a pas su quoi en dire, s'en tirant cependant par une pirouette magnifique : « *Parce que c'était lui, parce que c'était moi.* » C'est une des phrases les plus drôles de Montaigne, juste par sa drôlerie même. Par sa simple formulation, elle nous le dit : l'amitié est une évidence claire en même temps qu'un savoir qui se dérobe.

C'est sans doute la formule la plus célèbre de Montaigne, l'une des plus lues et des plus commentées. On ne connaît pourtant pas assez, à mon sens, les conditions dans lesquelles elle fut rédigée. Dans la première édition des *Essais* en effet, cette phrase est beaucoup plus plate, et même banale : « Si on me presse de dire pourquoi je l'aimais, je sens que cela ne se peut exprimer. »

C'est dans l'édition *posthume*, en 1588, dite « d'après l'exemplaire de Bordeaux », que l'on en trouve la version plus avancée : « Si on me presse de dire pourquoi je l'aimais, je sens que cela ne se peut exprimer qu'en répondant: *parce que c'était lui, parce que c'était moi.*» L'ajout de la fameuse petite phrase a été fait de la main de Montaigne lui-même, dans la marge de son exemplaire personnel, comme s'il revenait de par-delà la mort pour nous éclairer.

Or, ce qui me frappe dans cette phrase, c'est moins ce qu'il y dit en substance que le mouvement même qu'il y met. Au lieu d'un aveu d'impuissance (« je sens que cela ne se peut exprimer»), Montaigne – comme un archer – décoche sur le côté un trait magnifique: «Parce que c'estoit luy; parce que c'estoit moy.» Le message en lui-même est déconcertant: c'est une explication qui n'explique rien, un peu désinvolte et très énigmatique. Mais l'essentiel est ailleurs. Cette précision marginale est en effet un alexandrin parfait (car pour un bilingue gascon-français du XVIe siècle, le *e* final se prononce). Et cet alexandrin peut se dire sur tous les tons: on peut le chanter, le chuchoter, le citer ou le réciter, le psalmodier ou le scander, le siffler, le pépier, le déclamer comme le fredonner. Savoir décalé, murmuré, griffonné dans la bordure du livre, cousu dans sa doublure: voilà le secret enfin révélé.

Ce que Montaigne nous laisse entendre par cette phrase, restée à juste titre dans toutes les mémoires, c'est que le savoir de l'amitié est un savoir qui n'est semblable à aucun autre. L'amitié est une musique: il est toujours vain – voire un peu ridicule – de chercher à l'expliciter, mais on peut s'en faire l'interprète aiguisé. L'amitié n'est pas une substance que l'on puisse « exprimer », comme on extrait d'un corps le liquide qu'il contient, mais elle s'élucide seulement par un partage, le souffle d'une voix dans l'espace, un bras posé contre une épaule, le geste d'une main sur le papier.

Deux solitudes tout d'un coup s'aperçoivent, s'interpellent, s'écoutent, se répondent. C'est une expérience relationnelle plus que rationnelle, musicale avant que d'être sociale. Si nous en avons tant besoin, si elle nous manque tant lorsque par malheur elle se délite ou s'interrompt, c'est que cette expérience est constitutive du bonheur d'exister, on pourrait même dire qu'elle en forme la base la plus évidente, la plus immédiate, la plus nue.

*

François entre. C'est un courant d'air. Dès qu'il entre, l'air circule. C'est une bouffée d'oxygène. Toute la pièce s'agrandit, s'allège, se réorganise autour de lui.

Je revois François à la fenêtre de sa chambre en ce début de septembre, la tête levée vers le ciel bleu et pâle, le regard tourné vers le parc de Sceaux. Dehors, la cour, au milieu des arbres roux et jaunes de l'automne. Il observe les jardins brodés par Le Nôtre, il écoute le frôlement des moineaux sur l'ardoise du château, il hume les arômes boisés des frênes, des ormes, des peupliers.

La main gauche reste dans l'ombre, tandis que la droite, appuyée sur le genou, tient au-dessus de la tête son éternelle cigarette. La lumière rasante venant de droite illumine son flanc gauche et pose un reflet sur son visage. Il semble se transformer lui-même en halo de lumière. Composition claire, où l'espace rétréci de la chambre s'ouvre grâce à la fenêtre vers un espace extérieur vaste, peuplé d'arbres et d'oiseaux, éclairant la surface des êtres et des choses.

Lui, toujours près de la vitre, attentif, immobile. La nuit aussi, quand il rentre, il se met à la fenêtre pour fumer : de ma chambre voisine, j'entends le cliquet caractéristique que fait l'espagnolette quand il se relève pour fumer et contempler les étoiles. D'aussi loin que je me souvienne, il est toujours à proximité d'une croisée, d'un carreau, d'un hublot, d'une baie, où il déplie en fumant sa longue silhouette aérienne. Toute une vie à la fenêtre… La fenêtre lui permettait en même temps d'éclaircir une scène intérieure et de retrouver un lien, tour à tour tendu et contemplatif, entre lui et le monde extérieur.

On s'étonnera peut-être que pour peindre François je parle presque uniquement de son corps, des traits de son visage, de ses caractéristiques physiques, de son magnétisme physiologique. Et ses sentiments ? son milieu ? ses appartenances ? ses fréquentations ? ses racines familiales ? son parcours scolaire ? ses opinions politiques ? Oui bien sûr, toutes ces choses comptent, mais l'essentiel n'est pas là. Les critères psychologiques et moraux, les conditionnements sociaux, les catégories cliniques, les références idéologiques, tout se trouve à la fois résumé et débordé par ce corps que nous avons et que nous passons notre temps à construire ou à détruire, à protéger ou à exposer, à créer, à modeler.

Regardez vos amis. Interrogez leurs gestes, leurs mouvements, leurs atomes. Lisez sur leurs lèvres, feuilletez leur peau, déchiffrez leur teint. Pénétrez leur visage et imaginez leurs poumons. Intéressez-vous à leur système nerveux. Écoutez leur pouls. Sachez faire parler leurs muscles, leurs tendons. Épelez patiemment toutes les nuances de leur santé, de leur humeur, leur complexion. Alors, peut-être, vous approcherez tout en douceur du grand mystère.

Ainsi, en ce qui concerne François, son aura ne tient pas – ou pas seulement – à une certaine personnalité, à un tempérament. Il est généreux, il est intelligent, il est un peu narcissique, il est cultivé : oui, tout le monde le sait. Mais surtout, comme une fenêtre, il fabrique une certaine forme de lumière. C'est un flux : il circule à l'intérieur des ombres. C'est une phrase en mouvement, parfois sombre, parfois claire, jetant mille feux et tout autant de nuances, illuminant les uns et délaissant les autres.

Quand j'écris « François à la fenêtre », je ne veux pas seulement dire que François était toujours attiré par les fenêtres et qu'il s'y accoudait de manière régulière, du matin au soir et jusqu'en plein cœur de la nuit. Non, j'écris

« François à la fenêtre » comme « Achille aux pieds légers », « Athéna aux yeux pers » ou « Ulysse aux mille ruses ». C'est-à-dire que la fenêtre n'était pas seulement un endroit de la pièce vers lequel François se dirigeait volontiers : il en était devenu inséparable. C'était son épithète homérique, la manière d'être au monde que, très tôt et pour l'ensemble de sa vie, il s'était forgée. François était à la fenêtre comme le chasseur est à l'affût et comme le loup est aux abois.

En fait, François était devenu la fenêtre elle-même. François était fenêtre et toutes les fenêtres que j'ouvre ou près desquelles je m'assieds désormais se souviennent de François. C'est ce qu'il était pour moi, et pour chacun de nous : un rayonnement, un souffle d'oxygène et de lumière, une ouverture qui laisse entrer à pleins poumons la musique et le vent.

3

L'INTERNAT

Les êtres humains sont des lieux. Ils ne se contentent pas d'être à leur place dans un lieu donné, mais ils deviennent ce lieu, ils le transforment au fur et à mesure qu'on croit qu'ils s'en accommodent tandis que le lieu lui-même les modifie, profondément et durablement, à leur insu, dans une étrange complémentarité. On habite un lieu autant qu'on en est habité.

Au moment où François et moi entrons dans les classes préparatoires du Lycée Lakanal, Sceaux est toujours ce havre de paix qui permet d'échapper au tumulte parisien, pourtant tout proche. Et le Lycée Lakanal est plus que jamais une splendide ruche champêtre dédiée à l'étude, une enclave de tranquillité studieuse.

Le paradoxe est que dans cet endroit si paisible, conçu pour l'apprentissage, dévolu à la patience et à la connaissance, va s'épanouir pendant deux années la plus impétueuse, la plus tourbillonnaire, la plus turbulente « petite bande » que le prestigieux établissement ait jamais portée en son sein. Derrière ses belles façades de pierre sur lesquelles se posent les regards des visiteurs, le Lycée abrite en effet un lieu indécelable, habituellement caché aux yeux de tous, comme une pensée mauvaise dans une âme vertueuse : l'Internat.

*

Vu du dehors, de l'avenue Claude-Perrault, l'Internat ce sont d'abord de gigantesques fenêtres, incroyablement grandes au regard des critères actuels, plantées dans les façades du Lycée comme de belles ogives blanches en partance vers le ciel. Le jour, elles scintillent et reflètent les flèches du soleil de manière aveuglante. La pierre brille aussi comme du quartz et donne à l'ensemble l'allure d'un monastère lumineux, qui domine les arbres et semble parler, par-delà la rangée de hêtres et de frênes, au vieux château de Sceaux et aux jardins de Le Nôtre, juste en face, à quelques pas.

Mais la nuit, le bâtiment devient une grande chartreuse obscure, une bibliothèque ou une nécropole aux murs percés de quelques croisées éclairées, qui semblent d'énormes têtes d'enfants monstres clignant des yeux dans l'ombre. Les murs sont noirs, les toits penchent vers l'avant comme si l'édifice allait s'écrouler d'un instant à l'autre. Les chambres des internes deviennent des cellules d'ermites creusées dans les flancs du rocher, suspendues au-dessus des précipices inabordables. L'Internat est notre domaine, notre royaume. Il traverse l'espace et il transperce le temps.

*

Pour la majeure partie de la production littéraire du XIXe siècle, l'internat est un endroit malsain, qu'on compare souvent à une caserne ou à un couvent, voire à une prison.

C'est particulièrement frappant chez Vallès, qui n'évoque l'internat qu'en termes d'obscurité et d'insalubrité : « [...] il fait noir, le vent souffle ; de temps en temps, il y a des étages à monter, un long corridor, un escalier obscur [...]. » Quant à Balzac, dans *Louis Lambert*, il décrit le collège de Vendôme comme « une vaste enceinte soigneusement close » sous le joug de « la classique férule de cuir » : les élèves y sont « rangés comme des soldats », vivant une « vie privée de toute communication avec le dehors », présentant « un caractère aussi effrayant pour le moral que pour le physique ». Enfin, Renan conclut dans ses *Souvenirs d'enfance et de jeunesse* avec cette formule éloquente : « L'internat me tuait. » Tout est dit !

Et pourtant. Ah, si ces grands auteurs avaient connu l'Internat du Lycée Lakanal, la face de la littérature française en eût été changée ! C'est tout l'inverse du stéréotype renfermé. L'Internat de Lakanal est une forge admirable : il s'y mijote toujours quelque bonne surprise ou quelque coup abominable. C'est un coupe-gorge où les internes sont les seuls maîtres à bord, où les professeurs ne sont pas acceptés, où les pions sont persécutés, où les externes ne s'aventurent jamais.

Car il y a les externes et il y a les internes. Entre ces deux catégories ne se dressent guère que les trente-neuf marches d'un escalier de pierre, celui qui mène de la cour commune aux étages supérieurs, mais elles suffisent à marquer une limite absolue, une frontière quasi infranchissable.

Les externes, c'est leur nom, leur statut, leur condition – leur malédiction ! –, sont à l'extérieur. Nous, on travaille du dedans, on touche au vif, au cœur, aux poumons, directement à la cible. Les externes gravitent, font des ronds, s'atermoient indéfiniment dans la cour autour des mêmes problèmes. Nous passons sans arrêt d'un étage à l'autre, multiplions les passerelles et connaissons tous les raccourcis, experts dans l'art du court-circuit.

Ce sont deux façons de vivre, deux façons d'écrire, deux façons de sentir et de penser. C'est injuste, mais c'est comme ça : les externes pourront faire tous les efforts qu'ils veulent, s'exciter sur leurs lectures, s'exaspérer sur leurs études, s'exténuer sur leurs dissertations, ils seront toujours dehors, à la traîne, à la remorque, au chaperon. Les internes, eux, ont le passe, le sésame, la clef magique de la parade sauvage : ils entrent et sortent où ils veulent, quand ils veulent, ils connaissent tous les problèmes de l'intérieur et toutes les issues qui mènent vers l'extérieur. Ils sont intéressants, intelligents, un peu imbus de leur personne bien sûr, mais tellement insouciants qu'on leur pardonne tout.

Chaque matin, chaque soir, les externes vont et viennent, ils perdent leur temps dans le train-train quotidien. Les internes sont sur place, à la manœuvre et aux aguets, ils gagnent du temps et du terrain. Ils se lèvent à la dernière minute, déboulent en salle de classe un par un, ébouriffés, ébouriffants ! Soumis à la fastidieuse mécanique des transports en commun, les externes arrivent tous ensemble, lentement, en se traînant... On croit souvent que les externes mènent une vie libre et heureuse et que les internes sont enfermés. C'est l'inverse : les externes sont assignés à domicile, les internes se déplacent à leur guise, dans une parfaite clandestinité.

Tous les soirs, les externes rentrent chez eux (ou dans quelque famille d'accueil soudoyée par leurs congénères). Ils ont une maison où se retrouver, se ressourcer, des fiefs conquis par l'argent de leurs pères ou la dot de leurs mères. Les internes n'ont qu'un pays, un territoire, qu'ils défendent crânement : l'Internat. Les externes réintègrent leur foyer, les internes en sont éloignés à jamais, ils doivent le porter en eux comme un immense brasier incandescent, indépendant. Quand ils rejoignent leur famille pour les grandes vacances, même leurs parents ne les reconnaissent plus : Comme il a grandi ! Comme il a changé ! Mais tes cheveux ? Qu'est-il arrivé à tes cheveux ? Tu fumes, maintenant? Oui, je fume, ma mère, et mes cheveux sont en bataille. Ils ne connaissent plus les rigueurs du peigne ni les bassesses de la coiffure.

En cours, c'est pareil. Les externes font semblant d'avoir les réponses mais les internes sont les entomologistes de la question. Tandis que les externes observent les textes, les dissèquent, les analysent, les édulcorent, les internes s'en emparent et les font brûler : ils les forent, les explorent. Par comparaison, les externes semblent éteints. Ils aiment les auteurs réservés et réfléchis. Au contraire, les internes lisent en secret les livres incendiaires.

Parfois, l'Internat s'entr'ouvre comme la porte d'une chapelle, pour laisser passer une fille ou pour laisser entrer un garçon… Les internes connaissent les refuges dissimulés, les cachettes propices, les portes dérobées. Ils sont pour ainsi dire *instruits de l'intérieur*. Ils savent où exactement on peut voler un baiser, quelles portes ferment mal et lesquelles peuvent au contraire abriter tous les secrets. N'importe qui peut entrer, mais il faut être *vif* et trouver les clefs.

*

Les internes ont un rapport au temps très particulier : ils vivent dans leur temps propre, insoumis et mal régulé, un temps qui défie le temps, une machine de guerre contre le calendrier.

Leur emploi du temps est traversé de mystères : ils passent le plus clair de leurs journées à arpenter les couloirs, les salles de classe, la bibliothèque, les escaliers… Ce sont des têtes de lecture flottantes, des microsondes mobiles, dont la sensibilité est encore accrue par leurs longues années de solitude. Le soir venu, ils se déplacent dans les artères du Lycée comme le flot noir du sang dans les veines. Ils ont une vision organique de la constitution des bâtiments, de leur activité, de leur fonctionnement. Toute la nuit, ils parcourent le Lycée comme des voyageurs de l'ombre invités par un dieu invisible. Ils se promènent même sur les toits. Ils ont touché le paratonnerre, ils ont franchi les porches sombres… Sous la magnificence des apparences, ils savent. Ils savent que partout dans le Lycée, le plâtre se désagrège, la pierre tombe, les parements dégringolent. Ce n'est pas seulement que les bancs soient vermoulus et que les vernis s'écaillent. La serrurerie et la ferronnerie, la maçonnerie et la menuiserie : tout pose problème.

Les internes savent *de l'intérieur* la vérité des êtres et des lieux. En un instant, ils passent comme ils le veulent de l'autre côté de la vie, sur l'autre versant. Ils voient au revers des choses. Ils savent le vrai travail du temps. C'est une connaissance interne, celle du cœur, celle des souffles. Ils savent que tout menace, tout le temps, de s'effondrer. Et qu'il s'agit de vivre chaque instant sur sa crête pour retarder le naufrage du temps.

Au Lycée, tout le monde se projette dans l'avenir : on ne pense qu'aux examens et aux concours, tout est tendu vers cette borne, à la fois ligne de conduite et ligne d'horizon. Mais l'Internat résiste à cet alignement. On y vit dans une sorte de dynamisme constitutif, d'urgence permanente. L'urgence est un sentiment très particulier du temps : contrairement à ce qu'on croit, il n'y a pas d'« état d'urgence », ça n'existe pas. L'urgence n'est jamais un état : c'est une vitesse, une priorité. C'est une façon de vivre le temps qui ne souffre aucun retard, et qui à chaque instant vous pousse vers l'avant.

Plus tard, au Japon notamment, j'apprendrai à vivre dans un sentiment du temps plus calme, presque apaisé, où chaque journée et chaque nuit ne se transforment pas en des embrasements. Mais pour l'instant, à l'Internat, on vit chaque jour comme si c'était le premier et chaque nuit comme si c'était la dernière. On se répète ces phrases de Breton, soulignées en rouge de la propre main de François dans son exemplaire du *Manifeste du surréalisme* : « Tout est près. Les pires conditions matérielles sont excellentes. Les bois sont blancs ou noirs. On ne dormira jamais. »

*

L'amitié est quelque chose d'absolument singulier. Il n'y a pas deux amitiés identiques, tout comme il n'y a pas deux empreintes digitales semblables, toute amitié construit son propre espace. La nôtre prit d'abord la forme si inaccoutumée de l'Internat.

L'Internat est un quartier général très particulier. Avec la polyphonie de ses fenêtres, le carnaval de ses couloirs et de ses portes, son cortège de rires et la cavalcade de ses escaliers, l'Internat est l'emblème le plus fidèle de l'amitié. Les discussions y sont nombreuses, la musique y retentit jusque tard dans la nuit. Toujours y flottent vers le matin une odeur de pain grillé et, vers le soir, des vapeurs de vin. Il est l'antidote – et en même temps le curieux auxiliaire – des mânes austères de l'étude, des pieuses dévotions de la dissertation.

Cela donne un kaléidoscope humain, une sorte de forum du Moyen Âge, de cour d'amour, des jeux, des miracles, de marché aux drogues et de bourse aux livres. Si bien que, si je devais donner une définition de l'amitié – cet étrange furet qui jamais ne se laisse attraper –, je dirais simplement : l'amitié est un espace illimité, perpétuellement décentré, dans lequel règne le silence ou le rire, et où le temps paraît à la fois s'arrêter et se multiplier.

4

STRAIGHT, NO CHASER

Les deux réverbères qui encadrent l'accès du Lycée s'allument, tentant de dissimuler les charmes du soir qui tombe… Ce sont des lampadaires parisiens classiques : pied massif, fût de fonte, lanterne conique à quatre faces. De l'étoile du soir à la rosée du matin, ils veillent. Mais ils ne peuvent rien contre le pin de Chine de l'entrée, qui est l'axe reliant le ciel et la terre. Le jour, il emmagasine l'énergie terrestre et la restitue une fois que le soleil s'est enfui. Alors commence le règne de la nuit.

Lakanal. L'ébullition, l'effervescence. On se noie littéralement dans l'alcool. On part en fumée aussi, chaque nuit.

L'alcool conserve les fruits et la fumée les viandes

chante François sur tous les tons, le doigt levé vers le ciel, le sourire moqueur. Les drogues les plus diverses circulent, sous le manteau, au revers des vestes, dans les doublures des blousons. Des substances fabuleuses… La musique est partout. La chambre de J.-C., la nuit, les ombres qui dansent. On est rarement dans un état normal, il faut le dire… Notre façon de vivre stupéfierait immédiatement toute personne un peu convenable.

*

D'abord, il y a l'alcool. C'est le plus simple, le plus facile. Sur ce point, nous suivons les coutumes des Perses. François, qui passe ses journées le nez dans les historiens grecs, a trouvé un passage remarquable dans les *Histoires* d'Hérodote. Après avoir décrit le conflit qui oppose les Perses aux Lydiens, Hérodote écrit : « Les Perses ont l'habitude de décider, quand ils sont ivres, des questions les plus importantes. Les décisions prises en cet état leur sont soumises le lendemain, quand ils ont retrouvé leur lucidité, par le maître de maison chez qui ils délibèrent. Si, à jeun, ils les adoptent encore, ils les appliquent ; sinon, ils les rejettent. Inversement, lorsqu'ils ont d'abord étudié une question à jeun, ils la reprennent quand ils sont ivres. » Excellent principe ! Au ve siècle avant Jésus-Christ, mais toujours d'actualité. Nous l'adoptons aussitôt. Je l'applique encore aujourd'hui pour toute question un peu difficile.

On voit passer de tout à l'Internat. Grande Champagne, Petite Champagne, folle-blanche, absinthe aux verts piliers… Ratafia de Charente, floc de Gascogne, soum-soum de Casamance… Sloe gin… Tous les distillats et les filtrats, les muscats et les grenats… On fait peu de mélanges – chaque alcool vaut pour lui-même, chaque nuit est sa propre nuit – mais on trouve parfois des synergies étranges, des hybridations insolites, des métissages sublimes : scotch et miel de bruyère, triple sec à la coriandre, saké aux baies de genièvre, Tsingtao parfumée à l'iris. Musique, l'ivresse entre à la fois par l'ouïe et par la vue : le rauque tambour du rhum, les cymbales sonores du cognac et de l'armagnac, les hautbois onduleux du vin de palme.

Alors, ça part en vrille et en hélice, aux profondeurs, dans les éthers… C'est la spirale, le domino. « L'effet porto », comme disait Proust : « J'avais déjà bu beaucoup de porto, et si je demandais à en prendre encore, c'était moins en vue du bien-être que les verres nouveaux m'apporteraient que par l'effet du bien-être produit par les verres précédents. » Le temps devient un grand enroulement, qui n'a ni début ni fin. Un jour, il s'agira d'en sortir, mais pour l'instant on boit, emportés par les rouleaux du temps.

*

On se demandera peut-être où nous trouvons le temps de travailler dans cette cavalcade de volutes musicales et hautement alcoolisées. Pas de problème. Tout le monde à l'Internat connaît le conseil du professeur de philosophie d'Alfred Jarry pour préparer un examen : « Ne rien faire, ne rien étudier, ne rien lire ou ne lire que des matières futiles et récréatives n'ayant aucun rapport avec l'épreuve à subir. »

« Ne travaillez jamais », la fameuse formule de Debord, trône au-dessus de ma table. « Ne travailler jamais demande un grand talent », écrit au stylo sur une feuille de papier, au-dessus de celle de François. On forme un sacré tandem.

Mais la situation est plus complexe, plus subtile que cela. Dans chacun de ces alcools, il y a un rapport au travail. Prenons par exemple Pascal l'Athénien. Lui, c'est l'ouzo. Il en boit au moins un litre par jour, qu'il déguste le soir dans sa chambre avec des pistaches venues d'Égine, où il se rend chaque année pour refaire son stock. Mais il est aussi imbattable sur la métrique grecque : les dactyles, les holodactyles, les douze césures trochaïques pour sept penthémimères, rien ne lui résiste. Il va toute la journée déclamant les vers spondaïques et les diérèses bucoliques, scandant sur tous les tons les périspomènes et les proparoxytons. C'est comme s'il transmutait l'ouzo de la nuit dans une poésie claire, une prosodie imparable.

« Le bouquet du vin est, ô combien, plus friand, riant, priant, plus céleste et délicieux que celui de l'huile ! » François invoque Rabelais pour théoriser la puissance du vin comme *laboratoire* : « Il y a deux sortes de travail, dit-il, celui qui sent l'huile et celui qui sent le vin. Dans la préface de *Gargantua*, Rabelais explique que certains écrivains travaillent avec une lampe à huile posée sur la table et d'autres avec un verre de vin à portée du coude. C'est tout à fait ça ! À Lakanal, on est du côté du vin. C'est la promotion Rabelais ! »

*

Certains soirs, le débat se prolonge tard dans la nuit entre les vins de Bordeaux et les vins de Bourgogne : on trinque, les arguments s'échangent, s'entrechoquent. D'autres fois, on ressuscite un cocktail en l'extrayant d'un livre. On brûle par exemple, sur une petite cuiller rougie au feu d'un briquet, un peu de sucre jaune et de vermouth, qu'on verse ensuite sur de la glace pilée : chaud-froid à pleins poumons, c'est le Lautréamont.

On s'interroge sur la signification du morceau de Monk, *Straight, No Chaser*, qui passe en boucle toutes les nuits dans ses différentes versions. Orchestre, trio, piano solo, reprise en bossa-nova : c'est toujours le même morceau mais, curieusement, il est unique et chaque fois différent. François explique le titre à une assemblée déjà bien éméchée :

— *Straight*, ça veut dire pur, en parlant d'une boisson : par exemple un whisky sans eau, sans glaçons.

— Et *Chaser*, qu'est-ce que c'est ?

— C'est une boisson non alcoolisée ou moins alcoolisée, que l'on boit après une boisson fortement alcoolisée. Vous comprenez ?

— Comme une limonade après une bière ?

— Dans notre cas, plutôt comme un porto après un whisky…

— *Straight, No Chaser*, ça veut donc dire : un verre d'alcool pur, sans rien derrière.

— C'est ça : l'élégance simple, non diluée, d'un verre d'alcool pur.

— Mais quel rapport avec la musique ?

— Excellente question.

— Monk, il fait de la musique pure ?

— En quelque sorte. Vous prenez une phrase simple, élégante, et vous la développez de plusieurs manières, différente et unique à chaque fois.

— Comme les *Variations Goldberg* ?

— Voilà !

— Tu veux dire que tu bois comme Bach compose ?

— Exactement.

La remarque le remplit de joie : toujours ses yeux pétillent quand il pense à la musique, comme s'il partait dans un autre monde tout en étant ici avec nous. Il se ressert un verre. *Straight, No Chaser*, bien sûr.

*

Dans *L'Ami véritable*, Plutarque établit une différence entre l'ami et le flatteur. Il est difficile, rappelle-t-il, de distinguer entre un véritable ami et un vil flatteur, lorsque ce dernier est particulièrement hypocrite, simulateur ou dissimulateur. Et pourtant, nous dit Plutarque, il est un moyen simple de faire éclater la vérité : le vin.

Les flatteurs, les faux amis, ne sont jamais du côté du vin : « Non, la plupart du temps, ils sont sobres, se démènent en tous sens, s'estiment tenus de participer activement aux affaires en cours, veulent être tenus au courant des secrets – bref, l'amitié est toujours pour eux un rôle de tragédie, pas de comédie, ni de drame satyrique. » Ou encore : « [...] il est de fait que ces gens-là, fuyant le risque d'être repérés dans les rires, le vin pur, les blagues et les sarcasmes, donnent à leur entreprise un air de gravité. » Les Grecs ne s'y trompaient pas : ils plaçaient l'amitié du côté de la comédie, c'est-à-dire du rire, de la danse et du vin partagé.

Plutarque est né à Chéronée, une cité située entre la Phocide et l'Attique, non loin du fleuve Céphise, au centre de l'Hellade. Dans le chant II de l'*Iliade*, elle est présentée comme la patrie des « vignes plantureuses » : autant dire qu'il sait de quoi il parle... Il n'ignorait pas que l'amitié se révèle particulièrement dans le rire, l'aventure du souffle. Et le vin, le vin pur de l'amitié que nous avons tant aimé.

*

Car *Straight, No Chaser*, ce n'est pas seulement une manière de boire, de jouer et de composer. C'est aussi une manière de vivre, ironique, mordante, enjouée.

François ne croit pas aux sentiments. Il ne poétise pas, il n'idéalise pas. Il ne croit ni à l'effusion, ni au recueillement, ni à la confidence. Les meurtrissures d'amour-propre, la tendresse, le « sentiment », très peu pour lui. C'est du moins ce qu'il aime à laisser penser. Il cite le mot profond que Baudelaire relève chez Leconte de Lisle : « Tous les élégiaques sont des canailles. » Si on est malheureux, on ne le dit pas, on le garde pour soi. L'étalage des états d'âme est, au sens propre du mot, *lamentable*.

C'est à cette époque qu'il invente la « théorie de la voie sèche », en s'appuyant – avec un brin d'ironie – sur les processus de confection des tissus. Attention, passage technique, qu'il élucide peu à peu, avec force mouvements de main, la gauche sur la réserve, posée sur le piano, la droite tendue vers l'avant comme la pointe d'un avion. Pour fabriquer certains textiles, il y a deux voies : la voie sèche et la voie humide. Cette dernière consiste à malaxer puis à diluer les fibres avec une très grande quantité d'eau pour former une pâte. Le procédé conduit à des tissus très homogènes et très fermés, avec des fibres extrêmement contrôlées. En suivant la voie sèche au contraire, les fibres sont transportées puis dispersées dans un flux d'air, tout d'abord à travers des cylindres rotatifs perforés, puis au-dessus d'une toile avec système de vide incorporé. C'est un procédé aérodynamique : on filtre les cendres volantes et il n'y a pas d'effluent liquide résiduel. C'est plus rapide, plus difficile, plus dangereux. C'est cette voie qu'il préfère, c'est la vie qu'il s'est choisie.

Pour l'alcool, c'est pareil. On *boit sec*, comme il dit – c'est-à-dire vite et bien, sans s'appesantir, sans atermoiements, sans fioritures. Comme Gustav Leonhardt, comme Thelonious Monk : à la force du poignet.

Contre la sentimentalité, le larmoiement, le psychologisme, François croit à la musique et à la prosodie. Il ne cesse d'étudier le jeu des musiciens qu'il aime, c'est-à-dire avant tout Monk et Leonhardt. Pour le jazz, Monk lui semble insurpassable : buste droit ou en arrière, les doigts bien à plat comme des baguettes, il rebondit de touche en touche, s'effiloche puis se reprend, vous emmène avec lui là-bas, de l'autre côté des sons, dans une série d'harmoniques incalculable. Technique imprévisible des accents, mains croisées, science des doigts. Monk n'enlève jamais ses bagues, même lorsqu'il joue : les bagues, les ongles, la corne de la peau comme les terminaisons nerveuses sous les phalanges, tout entre dans ce jeu hétérogène et impondérable qui vous transporte dans un tourbillon d'atomes où la vie et l'art semblent à chaque instant palpiter et tournoyer l'une autour de l'autre. On ne colmate pas les brèches, les fissures, on apprend à danser au-dessus d'elles comme le saltimbanque au bord du gouffre, noir, blanc, corne, ivoire, sur les falaises du clavier.

Pour la musique classique, c'est Leonhardt. Quel rapport entre le turbulent pianiste américain et l'austère claveciniste néerlandais ? Entre le jazzman au jeu insolite et truffé de pépites sonores et l'interprète quasi imperturbable des chefs-d'œuvre du *Clavier bien tempéré* ? Pour François, ce sont les deux faces d'une même médaille : la voie sèche.

Quand il joue, Leonhardt est remarquablement statique, autant que Monk est agité : son dos ne bouge pas, ni ses jambes, et à peine ses poignets. Ses doigts en revanche ondulent comme un mécanisme de roulements à billes ou de segments dentés. Monk ressemble à un félin, griffeur, agile et enragé. Leonhardt a toutes les allures d'un râteau, d'une raideur impeccable, maigre et bien peigné. D'ailleurs, c'est ce qu'il fait, inlassablement : il ratisse, il moissonne, il tracte – et fait germer à l'air libre toute une floraison de notes cristallines. C'est un jardinier de l'invisible. Son jeu est fin et précis comme une lame, et c'est incroyable le nombre de galeries qu'il ouvre, de vergers qu'il fait surgir.

On a tout dit, tout écrit sur le grand Leonhardt, sur son jeu de diamantaire serti d'intelligence et de rigueur, de sévérité, de probité. Mais peu sont sensibles aujourd'hui encore à son humour, à sa malice même, discrètement glissés dans un jeu d'apparence corsetée. Placez un enfant près d'un enregistrement et regardez : très vite, il ouvre les bras, il penche la tête en avant et sourit, les notes du clavecin retombent sur lui comme des pétales de cerisier. Leonhardt n'est pas le grand prêtre austère auquel on l'a souvent comparé : voyez comme ses doigts grignotent le clavier, écoutez combien Bach retrouve son air espiègle sous ses touches acérées, un zeste de poudre sur les cantates, une pincée de sel sur les sonates.

François est particulièrement sensible à un geste, celui par lequel Leonhardt termine à cette époque tous ses concerts : au moment de la dernière mesure, juste avant que le rideau ne tombe, que la scène ne se referme, avant que cet immense espace ouvert par le Hollandais volant ne se replie et ne disparaisse à sa suite dans les coulisses de l'événement, Leonhardt a un geste, quasi imperceptible et pourtant récurrent. Sur la dernière note, dans un mouvement d'une grande élégance, la main droite se déplace vers la droite et s'arrondit comme le dos d'un chat. Alors, doucement, il pose le dernier doigt sur le clavier puis, comme la touche se meurt et que le silence revient, il le fait pivoter, le retourne et le relève lentement. À la fin, la main est face au ciel, paume plate, silence total, juste un instant, avant que ne déferle la pluie des applaudissements. Dans le silence qui suit la dernière note, ce vide inouï où tout résonne, où la mort déjà se réinstalle, Leonhardt veut faire tenir, le plus longtemps possible, la bénédiction de la musique, sa grâce parachevée.

« C'est un geste royal », me dit François : *Straight, No Chaser*. La beauté passe partout, dans une grande économie de moyens ou, au contraire, dans une gestuelle exubérante. Elle sait être en même temps exquise et radicale. Elle n'a qu'un ennemi, le conformisme, et qu'une seule alliée : la liberté.

*

Enivrez-vous. Le vin rend l'œil plus clair et l'oreille plus fine. Je me suis toujours méfié des gens qui ne boivent pas. Ou même, qui boivent peu. Rabelais les appelait les abstèmes, et il les associait aux agélastes : ceux qui ne rient jamais. C'est entendu, ceux qui boivent trop sont lourds : tout est question de finesse, d'équilibre, d'agilité.

Mais « l'alcool, lorsqu'il est bien bu, permet une sortie de soi et une déclosion généralisée », comme le clame dans les couloirs l'ami Hervé, le nietzschéen. J'aime ce beau mot de déclosion. Hervé continue, une cigarette à la main et un verre dans l'autre, comme Jésus entre les deux larrons : « L'ivresse est renoncement à toute espèce de maîtrise, de digue, de garde-fou : discours, analyse, mémoire, morale, limites, normes, règlements, économie, inhibitions, identité, postures. Tout coule, fuit, déborde, zigzague, tout est emporté dans toutes les directions à la fois. »

Et ce désordre, dont on pourrait penser qu'il tiendrait à peine quinze jours, continua semaine après semaine, mois après mois, pendant deux longues et belles années. Deux années dans les flammes, intenses, parallèles, illégales, *contre toute attente.*

5
LA PERLE NOIRE

Les sanctions ne se font pas attendre. Comme l'alcool, nous sommes volatils et dangereux. L'administration a vite fait de nous repérer et de classer l'Internat comme un « foyer d'insubordination ». Deux surveillants sont embauchés en renfort. Les nuits margaux-Monk ou whisky-Leonhardt sont prohibées. Le proviseur se fend d'une note rageuse contre ces soirées « où les règles du bon goût ne sont pas moins méconnues que les lois de la morale » et en appelle à « une répression sévère ». Dans une lettre adressée aux familles, il se lamente contre ces « jeunes gens qui sont doués de moyens assez remarquables, mais qui gâchent leurs qualités intellectuelles indéniables par un mauvais esprit, dont le bon ordre du Lycée a eu plus d'une fois à souffrir ». Les honnêtetés tyranniques se déchaînent contre les pauvres internes. Nous sommes des « mauvaises herbes », à défricher d'urgence, à arracher, à extirper ! Santé, sécurité, moralité ! Salubrité ! Tranquillité !

Des « mauvaises herbes », peut-être, mais nous en fumons de la bonne. Dès le printemps de la première année en effet, J.-C. a commencé à rapporter à l'Internat de longues branches noires, bleues ou vertes. C'est la réponse à la semonce de l'institution. Là, on dépasse la mesure, c'est sûr.

*

Le haschisch. À Lakanal, on l'appelle « la Pascaline » ou « le Mémorial ». En souvenir de Blaise Pascal bien sûr. Pascal, on le sait, portait toujours sur lui, cousu dans la doublure de son pourpoint, un parchemin recouvert de notes prises dans la nuit de fièvre où il rejoignit le Christ, d'une écriture fulgurante, à l'encre noire, condensée. C'est sa cuirasse, son bouclier : sous la rangée de boutons et le cuir serré, des réserves d'extase incandescente. Avoir toujours sa dose avec soi, à portée de doigts.

La référence à la conversion de Pascal peut sembler incongrue, et même sacrilège. Dans notre esprit, elle ne l'est pas. Il y a de la religion dans le haschisch, et c'est pourquoi il tient les hommes depuis si longtemps. « Nous avons foi au poison / Nous savons donner notre vie tout entière tous les jours », écrivait Rimbaud. Donner sa vie entière tous les jours, voilà le programme. Blasphème ? Disons plutôt : une illumination. D'ailleurs François, qui a toujours admiré la liturgie catholique, trouve dans ses lectures la célébration d'une cérémonie en l'honneur de la Vierge Marie qui emploie le cannabis de manière rituelle : la doctrine de sainte Marie, un culte brésilien. Nous vouons donc un culte marial à la Marie-Jeanne.

Fumer, c'est bien utile, ça fait voyager l'imagination. Nous avons tout essayé : le *ketama* du Rif, le *charas* de l'Himalaya, la *garda* d'Afghanistan, la *marijuana* hispanique, la *ganja* d'Inde et le *da ma* chinois. On fait le tour du monde sur les épaules de Marie-Jeanne. Et on en voit de toutes les couleurs : le vert olive de l'afghan, la lavande de Hollande, la réglisse de l'Himalaya, le sable de l'aya, le rouge du Liban... Tous les historiens – en herbe – vous le diront : de migration en migration, de millénaire en millénaire, le chanvre partout tisse sa toile. Les Iraniens et les Chinois, les Hébreux, les Égyptiens et les Indiens, les marchands arabes, asiatiques, anglais ou vénitiens, tous l'ont transporté sous toutes ses formes dans leurs filets, entre le tissu pour se vêtir, le remède pour se soigner, le papier pour y écrire et les fleurs séchées pour s'envoler. Depuis les tablettes de Sumer, les langues partout en gardent la trace, obscure et parfumée, du sanskrit au tamoul, de l'égyptien au portugais.

Il y en a pour tous les goûts, il y en a de toutes les tailles : le stick (une feuille), le duetto (deux feuilles), la trinité (trois feuilles), le trèfle (quatre feuilles), la quinte (cinq feuilles), le sextuor (six feuilles), l'alexandrin (douze feuilles) – et le monstrueux seize-feuilles, que seuls les grands maîtres comme Vincent le Pèlerin peuvent réussir.

Atmosphère de brins d'herbe et crissement de la pierre à briquet. On allume la mèche et le jocko tourne : « Bien-aimés, ne soyez point surpris de l'incendie qui s'est allumé au milieu de vous pour vous éprouver, comme s'il vous arrivait quelque chose d'extraordinaire» (l'ami Marco récite la première épître). Et, c'est vrai, on monte au ciel en quelques minutes.

Le tabac roule, les doigts pianotent, la bouche embrasse le papier. Ce sont des gestes très simples, mais pourvus d'une grande grâce. La flamme jaillit : le monde est tout autour de nous maintenant, avec une force singulière. Soudain, on perçoit très nettement les parties claires, les parties sombres, les différences de profondeur dans l'espace de la chambre ou les différences d'éloignement entre les corps, les contrastes qui s'accusent entre les objets voisins. Les couleurs prennent un éclat particulier.

Mais ce qui frappe, c'est surtout le son, l'agrandissement de l'espace par le son. L'air se remplit de syntagmes et d'un jaillissement ininterrompu de phonèmes aux saveurs insolites. *Spliff*, *high*, *skunk* : les monosyllabes crépitent, le joint tourne, les ondes passent. La nuit, la *special queen* déroule ses charmes et danse le long des parois. Le *skunk* se déploie dans les hauteurs. Tous aux abris, le pape vient d'arriver dans le *shelter*. Il apporte dans la doublure de sa chasuble quelques grammes de *weed* et des touffes de *blow*. Ça fait des échos énormes dans la rue, dans la nuit dehors… Les temps eux-mêmes sont bouleversés : le présent fuse, le conditionnel est dépassé, le passé simple revisité. Le tiroir de l'imparfait subit une extension considérable. La moindre phrase prend un relief étonnant et un sens parfois très éloigné de sa signification normale. Toute la prairie s'ouvre devant nous : on prend conscience de tout ce qui peut se passer dans une succession de voyelles et de consonnes.

François se tourne vers J.-C. et cite Robert Bresson, un de ses cinéastes préférés : « Lorsqu'un son peut remplacer une image, supprimer l'image ou la neutraliser, l'oreille va davantage vers le dedans, l'œil vers le dehors. » Il a raison, c'est tout à fait ça. L'oreille interne et l'œil perçant.

Alors, les filles entrent dans la danse. Elles piquent leurs trilles dans la cadence du jazz. Melpomène ondule et Thalie se déhanche. Mister Tambo et Mister Bones sont aux percussions et déboîtent le refrain dans un fracas d'osselets. La narration progresse par saccades, ruades, accès de rigolade, des éléments sonores jusqu'alors dissociés se mettent brusquement à notre disposition. Un thème est exposé, puis développé, déformé, imperceptiblement modifié jusqu'à ce que, tout en restant reconnaissable, il soit devenu tout à fait différent. Syncopes, vocalises… C'est l'école du rythme. Les morphèmes se suivent et produisent un sens nouveau. La phrase refuse les hiérarchies, c'est une grande mélodie incontrôlable : on voit des propositions qui flottent dans la pièce, des groupes de mots qui se rejoignent sous une pluie de conjonctions qui bifurquent, des prépositions en file indienne, de vastes cascades de verbes qui se renversent, une suite de signes splendides et inépuisables.

Notre fournisseur, c'est J.-C. Jean-Claude, dit Jacky la Came ou Jésus-Christ. Lunettes cerclées, petit collier de barbe grise, la voix voilée des grands fumeurs. Et toujours ses longs chandails autour du cou, qu'il rapporte de ses pèlerinages. J.-C., c'est l'apôtre mondialisé de la dope, le cosmopolite stupéfiant. Suprêmement cultivé, gentil, intelligent. Il voyage toute l'année autour de la planète et rapporte à l'Internat ses dernières trouvailles internationales. Dès qu'il s'agit du haschisch, il devient intarissable : c'est une encyclopédie vivante, un dictionnaire multilingue des bronches et des brandes, la vraie bibliothèque des poumons.

« La *purple haze* est claire et vigoureuse : c'est un laser. Son secret, c'est le contraste : le parfum est très délicat, mais la saveur est très dense. C'est ce clair-obscur qui fait sa force. Tiens, fais passer le cône… » Il tend la main et attrape le pétard. « Mais le meilleur des haschs, c'est le *zamal* de l'océan Indien. Simplement, il faut connaître les millésimes et avoir ses entrées chez les *gramounes*, les vieillards des montagnes qui les cultivent depuis des siècles. » Il se lève, tire une bouffée puis sort une belle branche verte de son armoire : « Tiens, celle-là, c'est une endémique, une *vintage*… Je l'ai rapportée de La Réunion, j'ai mis des heures à la trouver, du côté de Cilaos. Ce sont de très vieux plants cultivés dans les hauteurs, tout près du ciel, selon des méthodes ancestrales. Du coup, plein d'oxygène et d'ultraviolets : c'est de la bonne ! Aujourd'hui, avec leurs croisements génétiques à tous les étages et leurs arômes manufacturés, leurs dérivés synthétiques, ils ont perdu le goût de l'authentique… Goûtez-moi ça… »

La brume pourpre s'empare de la pièce, mêlée au pigment bleu-vert qui s'échappe de la plante volcanique. « Il y en a plusieurs variétés : celle-là, avec ses accents de vanille et de cannelle, doit être assez proche pour le goût du *dawamesk*, la confiture au hasch que mangeaient Baudelaire, Gautier, Nerval et les autres, au Club des Hashischins. Tiens, fais rouler la canne… Comme ils l'ingéraient au lieu de le fumer, l'effet devait être encore plus puissant ! Tu vas voir le Zanzibar… »

Effectivement… Très vite, c'est « la clarinette » comme dit J.-C., tout un orchestre de sensations. D'abord, un filet de lumière, on voit des flots et des sables, puis les cieux qui s'ouvrent et qui s'embrasent. Ensuite, de larges limbes se propagent, vert citron ou vert foncé. On est assis mais on a l'impression d'être allongés au milieu de la forêt. Bientôt les filles ont chaud et se déshabillent… C'est le déjeuner sur l'herbe !

« T'as vu comme l'effet est rapide ? remarque J.-C. avec un grand sourire qui commence à lui déformer sérieusement la lèvre inférieure. Tout à coup, ça arrive, ça ne prévient pas… Déjà, en 1860, Baudelaire écrivait… » Il tend le bras vers sa bibliothèque qui semble très éloignée, de l'autre côté du lit, mais arrive vers lui à une vitesse incroyable, comme un aimant. En un rien de temps, le livre est ouvert sur ses genoux et il lit : « Cet état merveilleux n'a pas de symptômes avant-coureurs. *Il est aussi imprévu que le fantôme.* » Il insiste sur ces derniers mots. On passe fantômes donc. On flotte... on plane, on navigue... on émerge au milieu des nuées orange et des filles en soutien-gorge... Atterrissage en douceur, entre des cerisiers cannelle et des goyaviers lilas.

J.-C., décidément accro à Baudelaire autant qu'à la Marie-Jeanne, poursuit sa lecture en tirant sur sa cigarette : « Cependant l'opium avait produit son effet accoutumé, qui est de revêtir tout le monde extérieur d'une intensité d'intérêt. Dans le tremblement d'une feuille, – dans la couleur d'un brin d'herbe, – dans la forme d'un trèfle, – dans le bourdonnement d'une abeille, – dans l'éclat d'une goutte de rosée, – dans le soupir du vent, – dans les vagues odeurs échappées de la forêt, – se produisait tout un monde d'inspirations, une procession magnifique et bigarrée de pensées désordonnées et rapsodiques. »

Il lit bien, de sa voix brumeuse et tamisée. Effet érotique immédiat garanti dans la chambre. C'est le pouvoir de l'Herbe, vénéneux et proliférateur. La sensibilité s'exacerbe, de la tige jusqu'à la pointe. Les filles sont des fleurs ou des brindilles, les garçons des feuillages, des frondaisons. Les mains se promènent sur les promontoires, on s'embrasse dans le ciel, des baisers comme des cascades, fourmillants et profonds.

« L'année dernière je suis allé en Chine, continue J.-C., qui a fermé le livre mais le tient toujours entre les mains comme un missel, j'y ai goûté de la *gunpowder* : des feuilles de haschisch mélangées à des feuilles de thé. On appelle ça "la poudre à canon", non pas pour sa force mais parce que les feuilles sont roulées en billes. C'est un haschisch de montagne à demi fermenté. Les gens de Hangzhou l'appellent le haschisch de la Grande Robe Rouge parce qu'il provoque des hallucinations, ou le haschisch du Dragon parce qu'il permet de chevaucher les nuages. C'est vraiment impressionnant comme bambou : on se sent renversé de l'autre côté des choses… » Et disant cela, il s'allonge sur les genoux de sa voisine, qui lui caresse doucement les cheveux.

J.-C. a posé le livre, il récite par cœur maintenant entre deux bouffées, il scande, il psalmodie :

Sous les flots du tabac qui masque le plafond,
J'ai partout feuilleté le mystère profond…

Un peu à l'écart près de la fenêtre, François plane, tout là-haut, dans la Voie lactée… Cigarette à la bouche, il fredonne une cantate. Il reste toujours longtemps comme ça à contempler la lune, l'espace, la nuit immense devant nous. Il observe la voûte, les constellations… Il les connaît toutes, il les désigne du doigt et il les nomme : Cassiopée, Andromède, Pégase et le Dauphin… Sa préférée, c'est Orion. Les trois étoiles au centre, si brillantes, équidistantes et parfaitement alignées. « Comme les Rois mages », dit-il. Et puis le coffret des quatre, Saïph, Bellatrix, Bételgeuse la rouge et Rigel la bleue… Des pigments d'infini… Il voudrait bien les attraper, les faire entrer dans la pièce, toutes ces poussières d'étoiles. Plus tard, il installera dans sa chambre un télescope et il aura cette phrase étrange : « Le télescope, c'est comme le haschisch, une manière de voir plus loin et plus précis à la fois… »

Pendant ce temps J.-C., qui a toujours plus d'une herbe dans son sac, se relève et va fouiller dans son armoire. Plus loin, là-bas, derrière les rangées de chandails qu'il a achetés lors de son dernier voyage au Népal… « Je n'ai rien rapporté de Chine l'an dernier, trop dangereux. Mais cet été, je suis allé en Afghanistan. Et là… » Il fouille encore un peu… il sait ménager ses effets, il entretient le suspense. Sa main s'enfonce, l'avant-bras puis le coude, jusqu'à l'épaule, il a le bras tout entier qui entre dans l'ombre maintenant, comme s'il était aspiré par l'armoire, encore plus loin, sous les maillots et les tricots, les chandails, c'est sa cachette, sa botte secrète… « Et voilà ! » Il en extrait un petit étui étanche à température constante, laqué noir, de la taille d'un violoncelle : une oasis parfaite pour la conservation.

L'étui s'ouvre. Un silence religieux s'est fait dans la petite chambre que les tourbillons de fumée ont agrandie aux dimensions d'une cathédrale. Tout le monde écarquille les yeux pour mieux voir la trouvaille dans la pénombre. Car ce sont non pas une, mais deux immenses branches qui viennent de sortir de la cachette. La première est verte et lumineuse, luxuriante et buissonnante comme une gerbe de jade. « C'est l'*afghan kush*, le fameux AK-47, explique J.-C., avec un immense sourire qui a désormais gagné tout le bas de son visage et lui remonte jusqu'à la pointe des oreilles. Attention, ce n'est pas la variété commune, celle qu'on vend à Paris sous ce nom, c'est *roots*, ça vient directement du terroir ! Il porte le nom d'un fusil d'assaut russe mais vous allez voir, il est plutôt doux et sucré… »

Vincent le Pèlerin roule un beau six-feuilles. Puis, à tout seigneur tout honneur, c'est J.-C. qui tire le scud. La merveille fait le tour de la pièce en quelques minutes dans un carrousel de murmures et de parfums. Il est brumeux, rond en bouche, avec un arrière-goût d'amande. Germes de peuplier noirs et de pavot, pépins de coing… La chambre, en quelques instants, est passée du vert sombre à la couleur lavande.

L'AK-47 tire tantôt sur le fruit, tantôt sur la fleur : c'est la guérilla de la douceur. Envol facile, trajectoire rapide, puis la tête qui se renverse vers le milieu du vol, culasse rotative et système de détente. En fin de rafale, déplacement de masse vers l'arrière : c'est très bon. De temps en temps, on tombe sur une boulette, la pépite : là, ça dégaine comme un lance-grenade. Il faut tirer deux ou trois bouffées très vite, poignée pistolet, et l'on revient vers la douceur.

Silence. Un verre d'eau. J.-C. prépare la seconde branche. Celle-ci est plus étrange. Beaucoup plus inquiétante. Elle sort de son étui avec un chuchotement de fleuve, et dès qu'elle est sortie tous les regards convergent vers elle, comme par un effet magnétique. Les feuilles sont crénelées, d'un noir intense. Soudain, François a quitté le rebord de la fenêtre, il s'est avancé vers les fibres qui palpitent dans l'ombre :

— Qu'est-ce que c'est que ce truc ?
— Les Afghans l'appellent la Perle noire.
— La Perle noire ?
— Oui, c'est très rare : je ne crois pas qu'on en trouve sur le territoire français. Je l'ai achetée dans la vallée de la rivière Hilmand, au sud de Kaboul. Elle a été cultivée selon une recette qui date de deux mille ans... Enfin, c'est ce qu'on m'a dit. J'en ai préparé un joint hier, mais je n'ai pas osé l'allumer. Je préfère la fumer quand il y a du monde. Son odeur est remarquable, tu vas voir...

Les feuilles de l'afghan sont d'un noir carbone, avec des reflets d'huile, un noir si intense que son éclat est difficilement soutenable à l'œil nu. On dirait qu'il creuse un trou dans la chambre. Par contraste, les murs semblent de plus en plus loin, de plus en plus blancs, de plus en plus plats... Le haschisch noir vaporise littéralement la pièce à son approche. C'est un noir sourd, tendu, tragique. Tout le monde s'est regroupé autour du cône, on se tient là comme si on était au bord d'un gouffre.

J.-C. allume le suif… Une fumée blanche jaillit, avec un délicieux parfum de coriandre. Décollage progressif. Petit à petit, les courbes s'enroulent et les arabesques se déploient, en hélices, en serpentins… La drogue douce est comme un arbre qui pousse : elle se déplace. Voyage à l'intérieur du thorax. Et puis, sans crier gare, quelque chose de brutal, d'extraordinairement violent : on entre à l'intérieur d'un espace où l'on ne peut plus rien voir. La conscience du temps s'évanouit. L'identité, la localisation, le calendrier, tout est littéralement pulvérisé. La chambre tangue, elle est aux prises avec une force occulte, avec un noir *irréversible*. On entre dans le pur monde de la sensation.

Une odeur de pavot s'est levée dans la pièce et allume dans la gorge une soif sauvage. Au milieu de l'éblouissement, soudain, la terreur. Voici le temps des Assassins ! L'épouvante succède à la beauté. On passe par toute la gamme des surprises : on est successivement pilés, cuits, pétris, moulés, séchés. Des ombres se découpent au couteau sur les murs de la chambre. Et puis, des explosions. Elles se produisent toujours en double et se répètent à l'infini : *bhang bhang*, droit au vortex, surtout que J.-C. nous sert des doses à déchiqueter la cervelle d'un tigre.

Alors, Antoine fait une « armoire ». C'est-à-dire qu'il inspire une grande quantité de fumée et la bloque dans sa cage thoracique sans respirer pendant trente secondes. Effet de stupeur totale. Au milieu de la pièce, un homme se tient seul, légèrement penché. Personne ne le connaît, nul ne sait comment il est arrivé là. Mais c'est lui, c'est Antoine. Il s'avance, il ouvre la bouche. Il a une voix grave et caverneuse. Il parle : « Je suis le grand corbeau au bec monstrueux des fables... » Il est sorti d'un de ces œufs énormes que les paysans trouvent parfois aux abords des montagnes. Maintenant il parle, il parle, et rien ne peut l'arrêter. Il veut aller à l'abbaye de Fontevraud, régler leur compte aux ennemis des Plantagenêts. Son bec géant va les démantibuler, leur fendre le crâne jusqu'à la moelle, leur ouvrir puis leur arracher les oreilles, les déboyauter ! Il propage la peste, c'est une calamité de masse... C'est un homme mais ce n'est pas un homme. Un oiseau, mais pas un oiseau. Un chien, mais pas un chien. Il a les mains d'un humain, la tête d'un loup, une paire d'ailes, et peut à sa guise marcher, courir ou voler...

La nuit s'achève, le jour pointe. Bientôt c'est l'aurore, et vous vous retrouvez à errer par les landes. Vous cherchez la morelle noire car ceux qui en trouvent peuvent aller au sabbat pour y rencontrer le diable. La route est sombre et sournoise, sinueuse. Si vous avez le malheur de croiser un miroir, surtout ne le provoquez pas. Le visage dans la glace se déforme et s'agrandit. Les lèvres, les yeux, les dents, la langue... Penchés au-dessus du lavabo, on se dissout comme au contact de l'eau.

Enfin, vient la dernière phase : la joie. Depuis qu'il a fumé la Perle noire, François est dans une joie immense.

Ses narines se dilatent, il a des narines extraordinaires, friandes, qui reniflent allègrement : quand il se penche au-dessus du haschisch, les papilles de son nez frétillent, comme une libellule en vol stationnaire au-dessus d'un roseau. Il enquille clope sur clope, il vogue littéralement sur le tabac.

Et moi, moi je peux entendre mon cœur qui bat. Je peux même entendre le bruit que fait le cœur de chacun d'entre nous, chaque seconde, la petite détonation humaine, le double battement du temps. Je peux entendre le bruit humain que nous faisons, assis et immobiles, le chant du sang dans les veines, même quand la pièce plonge dans le noir. Je comprends soudain que nous avions en nous des mondes dont nous ne faisions rien, que le feu et la fumée délivrent d'un seul geste, énergique et mortel. C'est la leçon du haschisch noir : les perles de joie se libèrent, elles bondissent hors de nos cages thoraciques par flux, par gorgées, par bouffées. Nous les avions en nous et nous ne le savions pas.

C'est la nuit, une nuit comme toutes les autres au Lycée Lakanal. Alors, dans le silence qui retombe avant la prochaine mise à feu, quelqu'un lit à voix haute le prospectus qu'on distribue aux parents d'élèves tous les ans : « Chaque étage dispose d'une cuisinette équipée d'un four micro-ondes et d'un réfrigérateur. Cet équipement est destiné à la préparation de boissons chaudes durant les longues soirées de travail. Une équipe de maîtres d'internat veille chaque soir à maintenir dans ces lieux une atmosphère à la fois studieuse et sécurisante. »

On rit. Des couples s'embrassent. Dernier baiser long, suave, sucré. Les étoiles montent de la nuit par centaines.

*

Aujourd'hui encore, quand je pense à François, la fumée d'une cigarette se propage dans la pièce. Toujours, en tout lieu, à toute heure du jour et de la nuit, une brume blanche flotte au-dessus de son visage. Il allume sa cigarette et aspire une bouffée. Il parle en expirant la fumée par la bouche et le nez. Je n'ai jamais vu personne fumer une cigarette avec cette intensité. Il est littéralement en train de la brûler. Et il va bientôt en allumer une autre. François est comme ça : un être de combustion.

C'est l'art de la volute : quelque chose brûle. Il faut brûler. Nous brûlons. François portait au plus haut point une certaine idée de la vie comme prise de risque, envol, déflagration. Il avait en lui du bonheur, qu'il fumait, qu'il buvait, qu'il brûlait à pleins poumons.

Il faudra une vague de décembre, un jour aux Canaries, une vague énorme et folle, scélérate, pour éteindre enfin ce feu follet, cette combustion phénoménale.

*

Pourquoi se développe une amitié? Qui peut le dire?... Et pourquoi les amis vont-ils si souvent par deux? Déjà, dans *L'Ami véritable*, Plutarque note que « l'amitié est un animal qui paît à deux ». Disant cela, le penseur grec fait référence aux couples d'amis qui peuplent la mythologie antique et qui sont une des seules manières que nous ayons, aujourd'hui encore, de nous représenter l'énigme d'une amitié : Achille et Patrocle, Castor et Pollux, Oreste et Pylade sont les plus connus. Mais aussi Thésée et Pirithoos, Pythias et Damon, Héraclès et Iolaos... Matière foisonnante ! Et puissante, puisqu'elle traverse les siècles et survit jusqu'à nos jours, serait-ce sous une forme comique et dégradée : Laurel et Hardy (version burlesque), Bouvard et Pécuchet (version grotesque)... L'amitié existe d'abord à deux ou elle n'existe pas.

Cet éloge du tandem n'est pas seulement un mythe littéraire. Il se trouve illustré par de nombreux exemples dans la vie réelle : Tacite et Pline le Jeune, Dante et Cavalcanti, Ronsard et Du Bellay, Goethe et Schiller – et, couple d'amis qui en demeure l'exemple le plus connu, quasi indépassable, Montaigne et La Boétie.

Il semble également se retrouver sous de nombreuses latitudes, comme en témoigne l'exemple, trop peu connu en France, de Du Fu et Li Bai, les deux plus célèbres poètes de la dynastie Tang. Du Fu et Li Bai se rencontrent à

Luoyang, entre la rivière Luo et le fleuve Jaune, dans les années 740. Luoyang est alors l'une des plus grandes villes du pays, la capitale de l'Est. C'est l'époque des Tang : les lettrés ne manquent pas, ils courent même les rues. Autant dire que Du Fu et Li Bai auraient très bien pu ne pas se rencontrer et, même s'ils s'étaient croisés, ne jamais plus se retrouver.

Qu'y a-t-il de commun en effet entre Du Fu et Li Bai ? Presque rien. Ils sont aussi opposés que le yin et le yang : Li Bai est un poète très connu, Du Fu un fonctionnaire raté. Du Fu est un confucianiste, à la conscience sociale très affirmée, Li Bai un ivrogne invétéré. On dit qu'il écrit dix poèmes par litre de vin. Li Bai a un style le plus souvent lyrique et libre, joyeux et enlevé, spontané. Les poèmes de Du Fu sont plutôt épiques et sombres, douloureux et appliqués. Leur fin même est radicalement différente : Du Fu meurt dans la misère et la maladie, tout entier tourné vers son art. La mort de Li Bai est beaucoup plus rocambolesque : selon la légende, ivre sur une barque, il voit le reflet de la lune dans l'eau et se noie en tentant de l'attraper. Il meurt noyé, comme François.

Ce qui lie Du Fu et Li Bai est pourtant beaucoup plus fort que ce qui les éloigne : un goût très prononcé pour le vin et pour le voyage, mais surtout pour la poésie. Leur compagnonnage va durer seulement deux ans, mais les poèmes qu'ils échangent, plus de mille ans plus tard, restent parmi les plus beaux de la langue chinoise.

La sensibilité à la poésie est le meilleur gage d'une possibilité d'amitié. Cela n'a jamais été remarqué à ma connaissance, mais c'est aussi sur l'amitié qu'Isidore Ducasse ouvre et clôt son recueil de *Poésies*, bien des siècles plus tard. Dans la salve de dédicaces qui ouvre le volume, on remarque en effet celle-ci, en lettres majuscules :

AUX AMIS passés, présents et futurs

Puis, à quelques lignes de la fin, cette formule très belle :

Tant que mes amis ne mourront pas,
je ne parlerai pas de la mort.

Isidore Ducasse a raison : ce sont nos amis qui nous préservent de la mort. Et c'est l'amitié qui nous donne la clef de la poésie.

Vers la fin de sa vie, à la suite d'une sombre histoire de complot et de rébellion dont la Chine a le secret, Li Bai est exilé au Yelang, dans le Sud, près de Guizhou. C'est alors une région ravagée par la malaria et, encore aujourd'hui, un des endroits les plus pauvres du pays.

Du Fu s'inquiète pour son ami. Une nuit, il le voit en rêve. Il se réveille puis se lève, mais continue de le voir dans un coin de la pièce, si près de lui qu'il pourrait le toucher. Il pense à Qu Yuan, un autre poète banni, qui s'est suicidé en se jetant dans la rivière Miluo, et compose dans la fièvre les deux vers suivants, étrangement prémonitoires :

Les eaux sont profondes, les vagues sauvages
Prends garde aux dragons du fond de l'eau

Treize siècles ont passé.

François est mort noyé comme Li Bai. Je le vois en rêve souvent, et j'ai le cœur brisé de n'avoir pu le lui dire :

Les eaux sont profondes, les vagues sauvages
Prends garde aux dragons du fond de l'eau

*

Recto verso
Yin yang
Vice versa
Pile face
Duo duel
L'un l'autre
Côte à côte
Côté cour côté jardin
Coup droit revers
Les deux doigts de la main

« On était comme dents et lèvres », dit Godard à propos de son amitié avec Truffaut dans une étrange expression, un peu dégoûtante. Mais quand Truffaut meurt, il a cette formule étonnante : « François est peut-être mort. Je suis peut-être vivant. Il n'y a pas de différence, n'est-ce pas ? »

*

Les amis donc, deux par deux, jusqu'à ce que la mort ne les sépare pas. Il y a une mathématique de l'amitié.

Pétrarque a toujours su de quoi il parlait dès qu'il s'agissait du ballet complexe des chiffres et des sentiments : c'est lui par exemple qui proposait de faire de la « loi de Varron » sur les repas un principe plus général. Qu'est-ce que la loi de Varron ? Un précepte du chevalier Varron, responsable de l'organisation des premières bibliothèques publiques de Rome. Pour qu'un dîner soit parfaitement réussi, il recommande de trouver le juste nombre de convives. Le conseil est, me semble-t-il, toujours valable : « On recommande entre autres que le nombre des convives ne soit pas plus grand que celui des Muses ni moindre que celui des Grâces, pour ne pas tomber dans l'un de ces deux extrêmes, la foule ou la solitude, même si, à mon avis, il faut toujours tendre à la solitude. » Entre les Muses et les Grâces, c'est-à-dire entre neuf et trois personnes, c'est la juste proportion pour un dîner réussi.

À Lakanal, on appelle la poignée d'amis qui gravite autour de François « La Petite Bande ». La Petite Bande est le nom d'un ensemble musical spécialisé dans la musique baroque interprétée sur instruments d'époque, une référence directe à la Petite Bande des Violons du roi, l'orchestre de Lully à la cour de Louis XIV. Elle a été fondée autour de l'étonnant trio des frères Kuijken (Sigiswald au violon, Wieland à la viole de gambe et Barthold à la flûte) et de Gustav Leonhardt. Un trident et son sceptre. Étant donné notre appétit pour la musique baroque, La Petite Bande est une appellation particulièrement bien choisie.

Tout est affaire de nombres, pas de chiffres. Lorsque Pétrarque dit que « l'amitié est un animal qui paît à deux », il fait aussi allusion au mythe de Platon, pour qui la collectivité était un « gros animal », enfermé dans sa caverne et ne poursuivant que des ombres. Pour sortir de la caverne, rien de tel qu'un ami. Quand ça va mal, pendant que les ombres vous entraînent vers le bas et que les faux amis s'agitent comme des simulacres en gesticulant sur les parois, c'est lui qui vous aide à remonter à la surface.

C'est le petit animal contre le « gros animal ». La multiplication des petits animaux fait le fourmillement de l'amitié. À deux, à trois ou à cinq, rarement plus, jusqu'à neuf maximum. Nous sommes très loin ici de l'amitié comme « lien social », fondement ou condition de possibilité du « vivre-ensemble » – même si ces composantes peuvent aussi y contribuer, elles n'en sont que la part la plus extérieure, le vernis. L'amitié, c'est plus profond, une part obscure nouée dans les tréfonds.

Les amis ne vont pas en troupe ni en groupe. Contre la manie de la chapelle ou du clan, de la fratrie comme du lobby, de la colonie, de la coterie, de la nation ou du pâté de maisons. L'amitié n'est pas une meute : l'amitié est une « petite bande ».

DEUXIÈME PARTIE

LIBERA ME

1
LE STUDIO BERTRAND

Retour à Montmartre, le soir.

Maintenant que je traverse peu à peu, en sens inverse, les temps par lesquels nous sommes passés, je m'aperçois à quel point ces deux années sont uniques : elles le sont non seulement par les qualités particulières de leurs nuits et de leurs journées, des fins d'après-midi de mai jusqu'aux premières lueurs de l'aube, par le souvenir de la neige sur le parc de Sceaux, des promenades sous les ombrages d'Aulnay, à la recherche du tracé de la Bièvre ou sur les pas de Chateaubriand dans la Vallée-aux-Loups... Mais elles le sont aussi parce qu'elles forment une sorte de saison poétique où les heures n'étaient jamais définies par la sonnerie des classes, le calendrier des cours, l'attente d'un examen ou le résultat d'un concours. Nous étions censés préparer le concours le plus difficile de France, celui de l'École normale supérieure, et nous ne pensions qu'à nous promener dans les pages des livres ou dans les jardins du château, en fumant des cigarettes étranges au milieu des mésanges, des amours en relief et des femmes ailées. Elles le sont enfin par l'étrange cocktail de tabac et d'alcool, de littérature et de nuit, de sexe et de rire, d'amour et de liberté : la longueur des jours, l'amplitude des nuits n'étaient jamais traversées par l'ennui ou par le découragement. Nous nagions dans un espace sans limites, délivrés du temps. Nous avions transformé tous les marécages de l'étude en des jets d'eau argentés et cette cité scolaire en un domaine princier.

Ce temps est deux fois mort maintenant. Il est non seulement passé, mais depuis la mort de François, c'est comme s'il était sous les verrous, à jamais confisqué. Les parcours des uns et des autres, la transformation des visages, la multiplication des voyages, des rencontres, les changements de pays, d'entourage, de métiers, le lent travail du temps et toutes les trahisons des femmes, des hommes, des années, toutes les vicissitudes de l'existence semblent l'avoir terrassé et définitivement enterré. Les amis même sont emportés par cette immense vague. Ils sont remplacés par les enfants, les collègues abrutis, les adjoints ahuris, les partenaires en affaires, les confrères distingués, les collaborateurs désastreux, les félons associés… Les amis, c'est comme les années, on ne les revoit jamais.

Ces années semblent perdues désormais, hors de portée, comme si elles se situaient de l'autre côté d'un abîme. Et pourtant… Pourtant, la vraie amitié ignore le temps. C'est là, ça crépite, ça palpite dans l'ombre. Ça n'attend qu'un instant pour reprendre feu. Les amis sont des pierreries, des joailleries : on les perd de vue, on les oublie, on ne sait même plus où on les a rangés, et puis un jour ils ressortent du coffre et le miracle à nouveau se produit.

*

La « méthode Rabelais » a porté ses fruits : jamais le Lycée Lakanal n'a eu autant de candidats admissibles à l'oral de l'École normale supérieure. La promotion Rabelais est gargantuesque, même si elle se réduit comme peau de chagrin après les examens oraux. Il faut dire qu'on a fait une série de fêtes à tout casser à l'annonce des résultats. Les internes se présentent aux oraux avec une gigantesque gueule de bois, étalée sur plusieurs jours. François lui-même ne passe pas la rampe, à la surprise générale. C'était le plus brillant d'entre nous. Je m'en sors mieux, sans doute grâce au sujet que je tire du chapeau en culture générale : « La mort dans une œuvre de votre choix ». Je choisis Céline, déjà pas vraiment en odeur de sainteté à l'époque (c'est pire aujourd'hui). Ça passe ou ça casse. Ça passe. Mais avec le succès comme avec l'échec, c'est toute la petite bande qui se disloque : J.-C. s'enroule fièrement dans son chandail et repart pour le Pakistan ou l'Himalaya, certains bifurquent vers le journalisme, d'autres vers l'enseignement, la politique ou l'entreprise, d'autres encore vers Rome, l'ENA ou l'Afrique. La divine parenthèse aura duré deux années.

François insiste un peu, continue l'étude des lettres, écrit un passionnant mémoire sur Saint-Simon : « Représentation du pouvoir dans les *Mémoires* de Saint-Simon - Année

1715 », soutenu à l'université de Paris-VII, sous la direction de Maurice Laugaa. Mais l'université l'ennuie, il a déjà décidé ce qu'il veut faire : sa grande passion, le cinéma.

*

Le cinéma l'entraînait vers le gouffre et il le savait. Il y a une puissance de mort dans le cinéma. On entre dans la salle noire, on n'y rencontre que des ténèbres, des fantômes de sentiments. Des visages sur l'écran se meuvent dans un halo factice, des paroles sont prononcées, une lumière blanchâtre sort de la scène et inonde les premiers rangs, les gens se croisent sans se toucher, ils s'embrassent sans vraiment se pâmer, ils décèdent sans réellement succomber, ils ne sont jamais tout à fait morts ni tout à fait vivants. Il faut toute la force des grands cinéastes pour extraire de ces mirages un moment de vraie lumière, pour faire de cette usine à mensonges une fabrique de vérité. Alors, le cinéma devient un principe actif, il arrache les masques, il transperce l'écran et fait connaître aux hommes son stupéfiant pouvoir de révélation.

Le cinéma, c'est le noir. La puissance de l'obscur. L'entrée dans la salle, à tâtons. Le retour amont. Rien pourtant qui se rapproche d'une régression infantile, d'une sorte de plaisir du babil. Mais un vertige profond. Une naissance refaite à l'envers, dévorée. Un moyen de renaître à soi. Aujourd'hui, toutes les salles se ressemblent plus ou moins. Avant, l'entrée dans la salle noire était comme la découverte d'une grotte. Quand le jour de l'écran s'entr'ouvre, c'est une déchirure, comme si l'on voyait le ciel pour la première fois. Quand la salle se rallume, on sort de la caverne et on remonte à l'air libre, munis de nouvelles armes pour chasser.

Tout film est une naissance, tout film digne de ce nom suscite à la fois un signe obscur et une lumière étrange. Le cinéma, c'est une perfusion de nuit.

*

François a beau aimer le cinéma, il déteste presque tous les cinéastes. Seuls trouvent grâce à ses yeux : Hitchcock, Godard, Pasolini, les Straub et Huillet, Robert Bresson. Parfois, il sauve un film ou deux : *Un chien andalou*, évidemment. *L'Empire des sens* d'Oshima. Il a une grande admiration pour *L'Enfant sauvage*, pour l'utilisation de la musique. Toute la séquence d'ouverture de *L'Enfant sauvage* est étrangement silencieuse : on n'y entend que des sons de la nature, froissements de branches et bruissements de feuillages, aboiements de chiens, chants d'oiseaux. C'est le moment de la capture de l'enfant-loup, caché dans la forêt. Mais quand l'enfant retrouve pour quelques instants la liberté, seul sous la pluie dans la cour d'une ferme ou lors d'une promenade dans les bois, survient le ruissellement de Vivaldi : le *Concerto pour mandoline* et le *Concerto pour piccolo et cordes*, tous deux en *do* majeur. « C'est la clarté du *do* majeur. Il n'y a guère que Truffaut à l'avoir portée à l'écran. Quelle douceur dans la lenteur, quelle virtuosité dans la rapidité… Les cordes pincées, la flûte rêveuse… » François est extatique quand il les écoute. « Truffaut, qui joue le rôle d'un médecin et d'un éducateur dans le film, parle toujours très vite, mais quand la musique vient, il se tait. Plus de bavardage. Il a appris ça chez Hitchcock, je crois. C'est la marque des grands. »

Plus tard, il ajoutera à ce panthéon très personnel : Kubrick, Kiarostami et Lars von Trier. Méliès aussi le réjouit, et Buster Keaton. Scorsese l'intéresse de temps en temps, mais moins que John Cassavetes : « Il travaille comme un fou, il prépare… mais le résultat est le plus fluide possible. Pas de boniment, pas de bavardage ! De la lumière, du son, du filmage, du cadrage ou du décadrage, des corps et des relations entre ces corps, et plus que tout : du montage. Pas d'idées ! Pas de concepts ! »

C'est tout de même une position paradoxale que d'aimer le cinéma et de détester les cinéastes. « Pas du tout, répond-il, c'est la logique même. » Tout le monde lui demande pourquoi. Il allume une cigarette, tire une grande bouffée, puis il explique en rejetant la fumée par le nez : « Le problème aujourd'hui, c'est qu'il n'y a plus que des faux films, et qu'on appelle ces faux films de vrais films. »

Il se lève, va chercher dans sa bibliothèque les *Commentaires sur la société du spectacle* de Guy Debord, qu'il a acheté dès sa sortie et dans lequel il a trouvé ce passage :

« Le gouvernement du spectacle, qui à présent détient tous les moyens de falsifier l'ensemble de la production aussi bien que de la perception, est maître absolu des souvenirs comme il est maître incontrôlé des projets qui façonnent le plus lointain avenir. Il règne seul partout ; il exécute ses jugements sommaires. »

Il lit avec délectation, d'une voix bien timbrée, et ajoute ses commentaires entre parenthèses : « Quelques exemples de falsification : un financier va chanter (on l'a vu), un avocat va se faire indicateur de police (on l'a vu aussi !), un boulanger va exposer ses préférences littéraires (c'est le principe de toutes les émissions littéraires aujourd'hui, dit François en exagérant un brin), un acteur va gouverner (ici, exemples à foison), un cuisinier va philosopher sur les moments de cuisson comme jalons dans l'histoire universelle… »

Il repose le livre soigneusement dans les rayons de la bibliothèque. « Il a raison, Debord. Des années d'avance. On va assister à la disparition de toute vraie compétence, tu verras. À l'avenir, les écrivains feront des films et les réalisateurs feront des feuilletons ! On appellera écrivain un personnage qui donne son avis à la télévision et cinéaste un banquier qui investit dans la pellicule ! »

Il écrase son mégot dans le cendrier et allume immédiatement une autre cigarette. Le turbopropulseur est en marche, il poursuit : « D'ailleurs tu vois, toutes les salles ferment... Maintenant, c'est l'ère du *multiplexe*, comme ils disent. Tu sais ce que c'est, un *multiplexe*? Tu prends huit salles, tu les mets toutes au même endroit. Et puis tu prends huit films différents, mais au fond, tous les mêmes. Il faut prévoir un grand parking (parce que c'est ça qu'on va faire, parquer les gens, les mettre sur une voie de garage) et de préférence en périphérie. Beaucoup de friandises et de boissons. Des confiseries! Des sièges confortables. On barbote aux alentours, on batifole dans l'accessoire. N'importe quoi... Et le cinéma là-dedans? Peu importe!»

Ses sourcils se lèvent et se baissent comme des sismographes. Encore une cigarette. C'est une divinité delphique maintenant, un oracle fulminant. Un prophète!

— Le mono-écran: disparu! Le film comme une œuvre singulière, unique, irremplaçable: mort, fini, introuvable! C'est comme en littérature où il y a de plus en plus de *titres* et de moins en moins de *livres*. Il y a de plus en plus de *films* et de moins en moins de *cinéma*. C'est le paradoxe de notre temps, le cinéma, la littérature, tout est variolé.
— *Variolé*? Qu'est-ce que ça veut dire?
— C'est la maladie de l'époque: tout est de plus en plus varié, et de moins en moins diversifié. On peut en voir tous les symptômes: éruption généralisée de faux films, de faux livres, de faux tableaux, tous aussitôt voués à l'oubli. On a de plus en plus de variétés mais de moins en moins de choix. C'est la variole: une invasion de papules, vésicules,

pustules en tout genre… Le contenu devient trouble, on constate un aplatissement vers le centre et le tout se couvre de grosses croûtes.

Ah, qu'est-ce qu'il envoie ! Il est en colère…

La fumée a envahi la pièce mais il a raison, tout devient clair maintenant. Il exagère, bien sûr, mais le problème qu'il soulève n'a fait que s'aggraver depuis : « Le cinéma avait tout pour être le médium complet : il est mort sous la déferlante de l'image, la grande vague du chromo, la marée des effets spéciaux. Des apparences, des fascinations… au mieux des illustrations… des opinions ! Voilà les films de maintenant. L'amplification de tous les sens a cédé le pas face à l'aplatissement par l'image. Écrans plats, films plats, encéphalogramme plat. »

*

François ne renonce pourtant pas au cinéma, au contraire. Il ne se décourage pas. Ensemble, nous avons un programme : « Un film par jour, sept livres par semaine ». Il ne sera jamais tout à fait rempli, mais posé à l'horizon comme une ligne, il nous permet d'avancer.

Le Studio Bertrand est une petite salle construite dans les années 1930. Elle est située dans une rue calme près de la rue de Sèvres, dans le 7e arrondissement : pour un seul ticket, on a le droit de rester toute la journée, de 14 heures à minuit. C'est là que nous allons, des heures durant, nous immerger. Un grand immeuble de neuf étages, mais derrière la façade de béton gris, c'est une mine mystérieuse cachée sous des lambris. Je revois la marquise de l'entrée, le lustre du hall, les fauteuils de velours rouge aux nuances bordeaux, les balcons métalliques et l'orchestre, le plafond en staff avec ses bordures, ses corniches et ses moulures, le grand écran panoramique… Au bar, il y a des sandwichs et du café, parfois de la soupe à l'oignon. Les corps se frôlent, les bras se touchent, les regards se croisent. On peut fumer, ce qui arrange bien François, et donne à ces grands après-midi sombres et pourpres l'apparence d'un rêve.

Je ne sais qui s'occupait de la programmation du Studio Bertrand, mais c'était un génie. Chaque jour, une vaste plate-forme complètement surréaliste, anarchiste et hétéroclite. Six ou sept films pour le prix d'un ! Mais surtout la découverte de tout un répertoire, original et personnel, extraordinairement varié et incisif, tour à tour rêveur et fantastique, poétique à souhait. Les films ne sont pas classés par genre, par époque ou par thème, ils ne semblent pas classés du tout d'ailleurs et pourtant on sent une cohérence secrète tout au long de cette épiphanie intermittente à renouvellement continu. Chaque séance est une salve, qui germe, se développe et s'épanouit, avant de disparaître en laissant derrière elle un sillage de sons, de mots, de sourires et de parfums qui vous hantent longtemps, suspendus dans la brume de la nuit.

Le Studio Bertrand n'est pas la seule salle où nous poussons nos investigations : il y a aussi la rue d'Ulm, la Cinémathèque, Le Champollion, La Pagode… Mais c'est celle qui me laisse le goût le plus fort, avec ses allures de récital inattendu, de publication permanente, de festivité ininterrompue.

Tous les Hitchcock, les Buñuel, les Marx Brothers, les Dreyer, les Murnau… Eisenstein, Pasolini, Mizoguchi, Rossellini, Antonioni… C'est ici que nous avons vu *Soupçons* de Hitchcock, *L'Homme invisible* de James Whale, *Le Doulos* de Melville, le *King Kong* de 1933 et les Tourneur de la RKO aux titres délectables : *La Griffe du passé, La Féline* ou *L'Homme-léopard…* Les journées et les nuits passent dans cette féerie sans fin : le Studio Bertrand, c'est le contraire du multiplexe, non pas huit salles alignées en rang d'oignons l'une à côté de l'autre, mais huit salles en une, dix heures de suite, avec une puissance hallucinatoire considérable.

Au milieu de l'après-midi, c'est *La Charge héroïque* : on part à la chasse avec le comte Zaroff et les vampires de Feuillade. Le soir, on croise des yeux sans visage : *Un condamné à mort s'est échappé* ! Sueurs froides… Cary Grant nous regarde et nous dit : « Tout le monde veut être Cary Grant. Même moi, je veux être Cary Grant. » En attendant, je suis *M le Maudit* et François *Pierrot le Fou.* Ensemble, on vogue vers *Macao, le paradis des mauvais garçons*, mais on n'oublie pas de (re)garder *Une fille dans chaque port.*

On tutoie *La Reine Christine* et on coudoie *La Captive aux yeux clairs*. On s'endort avec *La Vénus des mers chaudes* et on se réveille avec *La Femme aux revolvers*. Ce sont des liaisons dangereuses. Tout à la fin, *Fini de rire* et *Le Récupérateur de cadavres* ! On se retrouve tout au bout de la nuit, sur *La Jetée*…

Au Studio Bertrand, étant donné la longueur des séances et le programme hallucinatoire, on somnole souvent, rien n'est jamais donné d'avance, le sommeil modifie le jeu et rebat les cartes, transformant ce qui n'était qu'une série de films en un vaste kaléidoscope, un univers de formes en mouvement permanent. À la lisière du rêve, on a trouvé le pont entre le sommeil et la veille. La succession des films, mais aussi la fatigue, les éclipses entre les bobines, les volutes de fumée qui se déplacent de la salle à l'écran, de l'écran à l'orchestre, de l'orchestre aux balcons, nous laissent dans un état étrange de concentration intense et de grande disponibilité. C'est une *projection*, dans tous les sens du terme : on est propulsés dans un monde où tout redevient énigme, mystère, compréhension. On s'échappe de toute la télévision des choses pour retrouver un rapport vrai à la perception. Toutes les possibilités d'écoute et de vision en sortent renouvelées et comme rafraîchies.

2

AUX CAPTIFS, LA DÉLIVRANCE

Le 23 décembre 1986, un jour avant la veillée de Noël, le Studio Bertrand ferme ses portes définitivement. François me téléphone immédiatement : « Ça y est, le cinéma est mort – s'il a jamais existé. »

Le cinéma est mort, il est donc grand temps de le réinventer. Pendant un an et demi, François va préparer le concours de la FEMIS, la grande école européenne des métiers de l'image et du son, qu'il intégrera en 1988, dans la section « Réalisation ». La FEMIS est une des meilleures écoles du monde : elle sera importante pour François. Il y apprendra le métier de manière solide mais y nouera aussi des amitiés fidèles comme avec Renaud Cohen, un autre cinéaste atypique, titulaire d'une maîtrise de chinois et réalisateur de documentaires sur la Chine et de longs-métrages inclassables, tendres et légers. Plus tard, François travaillera comme assistant réalisateur sur des films de Camille de Casabianca, de Mehdi Charef et d'Alain Cavalier, pour lequel il a une prédilection particulière. À bonne école donc.

Le temps passe et François se fait plus dur, plus perçant. De plus en plus, il se désintéresse de la fiction et du cinéma traditionnel, qu'il assimile désormais presque complètement à un divertissement sans intérêt. Seul le documentaire lui semble encore à même de dire quelque chose du monde dans lequel nous vivons.

C'est aussi à cette époque qu'il commence à « zoner »... De longues maraudes, caméra en main, dans les banlieues dites « sensibles » aux alentours du périphérique ou dans les couloirs du métro. En janvier 1990, alors qu'il est venu filmer « les gens de la rue », il rencontre un groupe de SDF à la station Châtelet-Les Halles. Au cœur de Paris, dans cette grande gare intégralement souterraine, et presque à la verticale de l'endroit où se tenait au Moyen Âge la cour des Miracles (les rues de la Grande-Truanderie et de la Petite-Truanderie en portent encore témoignage), les gueux et les mendiants sont toujours présents. Ils sont simplement passés sous la surface, enfouis un peu plus, submergés et tâchant de survivre, enterrés vivants.

Parmi eux, un homme, jeune encore : il s'appelle Thierry. C'est un « zonard », il est dans la rue depuis l'âge de quinze ans, il en a trente-trois. « L'âge du Christ quand il est mort », me dit François. C'est la naissance d'une amitié inattendue de part et d'autre... François a très vite le projet de faire un documentaire sur Thierry : il le filme pendant une semaine entière, mais surtout il le regarde, il l'écoute. Thierry dit qu'il a choisi d'être dans la rue, depuis longtemps. Il lui raconte la drogue, les squats, les gens, mais aussi les longs voyages, sac au dos et cheveux au vent, le plus souvent vers le sud, l'Espagne ou Biarritz, le Maroc. François admire l'énergie noire qui émane de ce corps, ses bouffées de colère et le souffle de sa liberté.

Ce que François ne sait pas encore, c'est que Thierry a déjà été longuement filmé pendant son adolescence, au moment même où il commençait à «zoner», dans une série d'émissions sur l'enfance, «Du côté des enfants». Le film est de Bernard Bouthier et s'appelle *La Bande*. On y voit le même Thierry, gamin, et déjà dans la rue avec sa bande d'amis, à Paris, dans le 17e nord, au square de la Jonquière, «un pôle attractif pour le trafic et la consommation de stupéfiants, avec des points de fixation de jeunes en déshérence», comme le décrit encore aujourd'hui un rapport de police.

La coïncidence se reproduira quelques mois avant sa mort: Thierry est filmé une dernière fois, par hasard, dans le cadre d'un reportage sur Patrick Giros, un prêtre qui s'occupe des gens de la rue. Thierry est un trou noir, une force d'attraction bien au-delà de la normale: si ce simple sans-abri a été filmé à quelque vingt ans d'intervalle par trois équipes différentes, c'est qu'il aimante le regard. Dès qu'il entre dans le champ de la caméra, il rompt le cycle des images pour laisser éclater un visage, une gestuelle, une voix.

Le problème pour un film, c'est de trouver de l'argent. François sollicite la vaillante petite maison des Films du Village et une aide à l'écriture du Centre national de la cinématographie. Quelque temps après, il m'écrit :

Vieux frère,

Cette semaine a été une révélation et un choc. Elle a fini de me convaincre de me consacrer pour le moment au documentaire. C'est vraiment là, tu peux me croire, que l'on trouve aujourd'hui la seule véritable nécessité de filmer. Il faut sentir, dans chaque film, qu'il a été essentiel pour son réalisateur. Parce qu'il y a dans « le réel » une exigence telle du sujet qu'il impose comme un impératif catégorique des questions fondamentales. Où mettre la caméra – rien que ça – qui va déterminer le point de vue, et à chaque fois une fenêtre ouverte sur le monde. Voilà tout ce que le cinéma de fiction a perdu aujourd'hui.

Je vais te laisser en te serrant très chaleureusement dans mes bras. Sache que je pense très souvent à toi.

François a pris sa décision, je le sens prêt et déterminé. À partir des deux films déjà réalisés, des rushes qu'il a lui-même tournés et d'une série d'entretiens avec des gens qui ont croisé Thierry dans sa lente dérive, il va tisser une construction très subtile, un jeu d'échos et de résonances entre les différents moments de sa vie, et donner naissance à un des documentaires les plus impressionnants de son époque : *Thierry, portrait d'un absent.*

*

C'est un petit médaillon qui s'ouvre. Et qui ouvre le film de François.

LAURE *(la mère de Thierry)*

Ça, c'est un petit médaillon qu'on m'a offert. C'était pour mettre la photo de mon fils. On peut mettre qu'une toute petite photo. J'ai découpé une photo à lui pour arriver à la mettre dans le médaillon. Comme ça, je la porte toujours avec moi. Alors on a du mal à l'ouvrir vous savez, heureusement d'ailleurs… On peut dire que c'est une photo minuscule. On peut pas mettre plus grand dedans, mais c'est bien lui, c'est bien mon fils.

Le film commence de manière presque anodine par cette scène d'intérieur, dans un petit appartement que l'on devine modeste, à l'écoute d'une voix. C'est une voix menue, chevrotante, une voix où passent, dans un désespoir contenu, toute la détresse et la dignité d'une mère. C'est une voix fragile. Le dernier plan de la première scène nous montre les deux mains de Laure recroquevillées autour du médaillon, deux mains jointes comme pour une prière, qui forment une coquille tremblante autour d'un oisillon.

Toute la douceur terrible du film se tient là, dès le début, dans le désarroi d'une mère, fière de son fils *malgré tout*, portant son amour, son épave, enroulée autour du cou.

On peut aussi y lire, discrètement et comme en filigrane, la conception du cinéma que se faisait François : nulle supplique plaintive, aucun pathétique grandiose mais un simple effet de présence. Pas de grands mots ni de belles images. C'est une photo minuscule qui ouvre à un espace immense, par effraction, une présence vibrante logée dans l'ouverture d'un simple médaillon.

*

Thierry, c'est l'histoire d'un délabrement et d'une résistance.

Un homme va au bout de ses forces. Il a choisi d'être dans la rue, il ne baisse jamais la tête.

Il s'éclate, comme on dit alors. Ou plutôt, très rapidement, il explose, il se fait exploser. Avec le froid, la faim, les coups, la drogue, les longues marches dans les rues. Son visage gonfle, l'enfant disparaît.

Il peut « avoir des moments d'une telle violence que régulièrement, pour de courtes périodes, il se retrouve en prison ».

Il peut aussi parfois se montrer le plus ignoble possible. « Je crois que c'était pour vérifier qu'on l'aimait jusqu'au bout », dit Cécile Rocca, qui s'occupe aujourd'hui du Collectif Les Morts de la Rue.

De la prison pourtant, il lui écrit des lettres d'une grande tendresse…

Prison de la Santé
(Lettre de Thierry lue en off)

« Lettre à Cécile. J'ai vraiment envie de galère sur la route et l'Espagne me manque énormément. Le printemps est là enfin, tout l'annonce : la douceur de l'air, la lumière plus légère rosissant doucement la façade terne de la Santé, les bruits joyeux montant du boulevard. Paris au printemps trouble les plus sages…

Et, d'une grande lucidité :

(la lecture de la lettre en off se poursuit)

… Dommage, je n'y ai pas droit. »

*

Son amour aussi est monstrueux : il écrit toujours à sa mère « je t'embrasse partout ».

LAURE *(lisant une lettre de son fils)*

« Maman, je suis à Toulouse. Je t'ai téléphoné deux fois, il y a deux jours. Tu vas bien ? Je suis avec une fille, on est heureux ensemble. Bisous partout. Thierry. »

« Nous sommes réfugiés dans la salle d'attente de la SNCF, car au-dehors, le mistral est là. Nos cœurs, eux, sont toujours aussi chauds. Ton fils qui t'embrasse partout. »

« Maman, je t'aime, je suis à Avignon. Je pense très fort à toi. Je t'embrasse partout. Ton fils qui t'aime, Thierry. »

Je sais pas pourquoi il avait cette habitude de me dire « je t'embrasse partout ». « Ton fils qui t'aime »... Moi aussi, je t'aime... ah... souvenirs...

François *(off)*

Quand il vous écrivait comme ça et qu'il finissait ses lettres en disant « je t'embrasse partout », qu'est-ce que vous lui disiez, vous ?

La mère

Mais je lui disais : Pourquoi tu marques « je t'embrasse partout » ? On n'embrasse pas sa mère partout, tu ne m'as jamais embrassée partout. — Mais non maman, ça veut dire que je t'aime, je t'embrasse toute. — Oui, mais les gens, je lui disais, ils ne comprennent pas. Ils doivent se demander pourquoi tu dis ça. — Oh les gens je m'en fous, moi je marque ce que j'ai envie parce que je t'aime.

Alors, je lui disais : Bien mon fils...

*

Thierry représente tout le contraire d'un univers social, avec ses idées fixes et ses étiquettes. Contre le ralentissement et l'abrutissement sociaux, il est le plus mobile possible, en mouvement perpétuel, se moque de la place qu'on veut lui assigner. Il ne croit même plus à la vieille distinction entre ami et ennemi. L'entraide, le pardon, la charité... Il ne croit plus qu'à la haine qu'il voit tout autour de lui, c'est-à-dire à la réalité.

LE RÉALISATEUR *(Bernard Bouthier off)*

Vous préférez avoir des amis ou des ennemis ?

THIERRY

Oh... des ennemis.

LE RÉALISATEUR

Pourquoi ?

THIERRY

Parce que... les amis on les connaît... Les amis, c'est des ennemis en principe.

LE RÉALISATEUR

Toi, tu aimerais un monde où tout le monde s'entr'aiderait ?

THIERRY

Non, ce serait bidon !

Le réalisateur

Essaie d'imaginer ce que serait pour toi un monde où ce serait bien.

Thierry

Ce serait trop con aussi ! N'importe comment ça ne peut pas exister et il faut pas imaginer des trucs comme ça. Parce que si on l'imagine, on devient con ! Faut prendre la réalité, c'est tout. C'est pour ça que je suis dur, je prends la réalité !

*

Le film est également un réquisitoire. Car ce SDF, réduit à l'état d'ombre, est aussi un être lumineux, qui jette un éclairage cru sur le monde qui nous entoure et sur certains de ses aspects que, d'habitude, nous ne voulons pas voir, ou qui ne nous sont pas montrés.

Thierry, portrait d'un absent n'est pas un pamphlet. Il ne geint pas. Il ne se plaint pas. Il ne vitupère pas, il montre. Il « prend la réalité ». Il ne prétend pas dénoncer : il se contente *d'énoncer*. Et cette simple apostrophe suffit à en faire un coup de poing magistral dans la veulerie de notre époque. Un coup de poing qui touche en même temps à la tête, à l'estomac et au cœur. Son regard n'est ni scientifique ni compassionnel. Comme un vrai coup de poing, il est simplement bien placé.

Juges, médecins, politiciens ou policiers : c'est la débâcle. Nul n'a rien vu venir, personne n'a su ou voulu voir, personne n'a été touché. Thierry est juste « un individu de passage... », comme le dit à François le juge qu'il interroge. Ce juge a vu Thierry quatre fois, mais il ne s'en souvient pas. Et après ? Tous les frelons de l'ordre social bourdonnent, les naïfs s'étonnent, les moralistes claironnent. Mais la vérité, c'est que c'est bien la France des quarante dernières années, complaisante envers les plus forts, impitoyable aux rejetés.

Çà et là surnagent quelques consciences, certains éducateurs de rue. Le père Patrick Giros par exemple : il a beaucoup travaillé avec les blousons noirs, les errants, les prostituées. Il a croisé Thierry à de nombreuses reprises. C'est un habitué du marasme ambiant. Et pourtant, il n'en croit pas ses yeux : « Un tel aveuglement des institutions, des structures, un tel charabia du pouvoir médical, un tel silence du côté des médias... » Ordonné prêtre en 1968, le père Giros fut même à un moment tenté par le terrorisme, devant l'ampleur du désastre, avant de se raviser. Il fonda Aux captifs, la libération, une association loi 1901 qui a pour mission d'accompagner les personnes de la rue. Son nom est inspiré de la Bible, d'après un chapitre du Livre d'Isaïe : « L'esprit du Seigneur Dieu est sur moi parce que le Seigneur m'a consacré par l'onction. Il m'a envoyé annoncer la bonne nouvelle aux humbles, guérir ceux qui ont le cœur brisé, proclamer aux captifs leur délivrance, aux prisonniers leur libération »... « Mais la ville a continué à produire son lot de jeunes désespérés, d'enfants perdus, sans aucune espérance pour eux », conclut-il.

Thierry, portrait d'un absent est un témoignage poignant et un grand cri de révolte parfaitement maîtrisé. Sans aucune rancœur qui suinte, sans aucun appel pathétique. La haine n'est pas de son côté, elle est du côté des institutions, de l'immense engrenage social qui broie, qui mâche, qui pulvérise, qui recrache. L'indifférence, l'égoïsme, le fatalisme, l'apathie, la résignation ? Oui, sans doute, un peu de tout cela – mais au fond c'est la haine, mécanique, inconsciente, appliquée, indifférente aux autres et à elle-même. C'est le cri de Thierry qui retentit juste au milieu du film, devant une dame en chapeau bleu qui lui fait la morale : « Voilà, c'est ça la haine, tu l'entends la haine ? C'est la haine qui parle ! »

Un quart de siècle plus tard, la haine est toujours là. Elle a pris des formes différentes, s'exerce parfois sur d'autres cibles, toujours les mêmes cependant dans leur diversité : le faible, le sans-papiers ou le sans domicile fixe, le clodo, le toxico, le migrant, le mendiant, le réfugié, la prostituée.

Ils sont partout, dans nos rues, sous nos porches, dans nos escaliers. Ils sont proches et pourtant terriblement éloignés. On les trouve dans les couloirs du métro comme dans les entrées d'immeubles, dans les gares et dans les squares, sur les bouches d'aération, sous les piles des ponts.

C'est la non-société : ils n'ont plus aucun rôle social, ne veulent pas en avoir d'ailleurs, et ils gênent. Les riverains se plaignent. Ils sont sales, ils puent. Ils ne sont plus utiles ni « productifs », ils n'ont pas pris le train en marche, ils ne sont plus clients, salariés ou usagers. Ils sont usés. Et, puisque la métaphore du sport semble aujourd'hui structurer toutes les strates de la société, il faut l'entendre au sens professionnel comme au sens athlétique : ils ne sont pas qualifiés.

Ils se noient, ils n'arrivent plus à remonter à la surface, on les laisse se noyer. Certains ne demandent plus rien à personne. Ils sont infects et infectés. Défoncés. On ne sait même pas combien ils sont, trois, peut-être quatre millions. Ils sont infiniment variés. Ils ne croient plus à la solidarité ni à l'amitié. Ils ne revendiquent aucune communauté, aucune identité. Les riverains ont peur, qui les regardent depuis la rive. Eux, ce sont des îles, errantes, mourantes, superbes et isolées.

Combien de Thierry dans la France d'aujourd'hui ?

*

Au fil des mois, Thierry devient insaisissable et n'est déjà plus de ce monde. Il voyage de moins en moins et se défonce de plus en plus. Sa révolte l'épuise et n'est pas entendue. Plus personne n'a de prise sur lui, tout le monde baisse les bras.

Thierry est un film dur, éprouvant même. Il ne contient aucune héroïsation malsaine. Lorsqu'on voit le visage de Thierry à la fin, les lèvres gercées, rongé par la drogue et bouffi par l'alcool, boursouflé par la douleur, et qu'on se souvient des premières scènes, de l'enfant malicieux rôdant entre les massifs de roses et les troncs noirs des tilleuls du square de la Jonquière, le contraste est presque insupportable.

Puis ces phrases, calmes, qui viennent mettre fin à son supplice: «Thierry est mort le 14 décembre 1991, d'une overdose d'alcool, de cachets et d'héroïne dans cette chambre d'hôtel d'Avignon. À l'aube, il s'étouffait dans son sommeil. Ceux qui étaient avec lui l'ont réveillé et mis sous la douche. Mais ils sont ensuite partis en le laissant se rendormir. À leur retour, Thierry était mort, les deux poings serrés, paraît-il, à la hauteur de son visage.»

*

Thierry Percheron fut enterré dans le cimetière de Montfavet, dans le Vaucluse, près d'Avignon. Sa tombe se situait non loin de celle de Camille Claudel, qui fut inhumée dans le même cimetière le 21 octobre 1943, après trente ans de séquestration à l'hôpital psychiatrique voisin de Montdevergues, à l'instigation de sa famille. Moins de cinquante ans plus tard, Thierry fut enseveli dans le carré 21. C'est un carré réservé aux indigents.

Fosse numéro 3.
Directement dans la terre.

Le film de François, *Thierry, portrait d'un absent*, est tout ce qui reste sur terre de son passage.

3

JAPON :
EXERCICES DE DISPARITION

En 1992, je m'envole pour le Japon. Je dois y rester seize mois, pour mon service militaire : un quart de siècle après, j'y suis encore. Dans un vieux passage à Paris, on m'a enseigné les sciences classiques : lettres, latin, grec, philosophie et poésie, musique. Maintenant, dans une magnifique demeure cernée par l'Orient entier, je me tourne vers mon illustre retraite et je prépare l'avenir : japonais, chinois, calligraphie et sciences de la nature. Étude approfondie du cosmos, du temps, des systèmes corporels et chimiques. De temps en temps, physique nucléaire ! Je prends acte des grands maîtres du passé et je m'initie aux générations futures. Pour écrire, c'est le secret : maîtrise de l'héritage et innovation poétique. Une saison s'ouvre.

J'ai un peu perdu de vue François pendant les mois qui ont précédé mon départ, pendant qu'il zonait dans la rue et que je me préparais à devenir le fils du Soleil. Mais toujours ceux qui m'aiment prennent l'avion. François est un des premiers à me rendre visite.

Je revois ma maison de Kyoto, dans le quartier de Shimogamo, juste à l'endroit où la rivière Kamo se sépare en deux, sous la forme à la fois ouverte et pointue d'un Y. J'habite à l'intersection des deux branches, sous la rivière. Toute ma vie, vous me verrez au carrefour, à l'arête, au croisement – je n'aime rien tant que la césure et les bifurcations. Ici, à deux pas, se trouve l'un des plus anciens sanctuaires de l'archipel : il était déjà là il y a des siècles, avant que Kyoto ne devienne la capitale du Japon. Excentré, calme, préservé de la furie touristique, il est entouré d'une forêt, dont on dit que jamais dans son histoire elle n'eut à subir les ravages du feu. Pourtant, elle n'est jamais plantée, élaguée ni taillée. C'est une forêt sacrée : elle protège la ville des démons.

Au temple, à l'automne, tout est rouge : les bâtiments de bois, le petit pont de pierre, le portique d'entrée. Shimogamo est un joyau rouge au centre de la forêt. Plus on s'approche et plus on perçoit les nuances, les changements de ton, les reflets. Les bâtiments sont lie-de-vin, le pont a des teintes carmin, le portique une tonalité orangée. Mais quand on s'éloigne sur le chemin de gravier clair qui crisse sous vos pieds et qu'on se retourne à mi-route pour le contempler, le sanctuaire est redevenu dans votre dos un gigantesque incendie rouge, qui illumine la colline et veille sur la ville du haut de la canopée embrasée. J'habite ici, le refuge rubis au confluent des deux rivières, au cœur de la cachette boisée.

De temps en temps, le grondement du tonnerre : un archer à dos de cheval traverse l'espace et décoche une flèche en plein milieu d'une cible de un mètre de diamètre plantée à soixante mètres de là, à toute allure, au galop, sans dévier sa course d'un seul pas. C'est la foudre. Vous tournez la tête, il a déjà disparu.

Ma maison est à quelques foulées. Elle est introuvable si vous passez par les chemins homologués. Il faut suivre la rivière sur quelques mètres puis, à main gauche, prendre le petit sentier. Là, trois ou quatre carrés de rizières se succèdent en plateaux descendant en pente douce, après quoi le terrain fait un coude et plonge brusquement, se dérobant aux regards. Soudain, une zone de silence. Odeurs de sciure et de thé vert, parfums de glycine et d'encens. Les lanternes au soleil découpent leurs sculptures, l'herbe autour des pavés met de vertes bordures, un chemin pierreux mène à la terrasse grise où, parmi les bambous, la maison est assise. Ma maison apparaît, comme surgie de nulle part, au milieu des mûriers.

Devant chez moi, au-delà du chemin, se trouve la rive opposée de la rivière, en haut de laquelle s'allonge l'autre côté de la ville, dont chaque habitation s'orne d'un bouquet de bambous ou d'une branche de pin. Enfin, derrière la maison, un étroit et très haut escalier de pierre, où parfois vient se poser un aigle. On me demande souvent pourquoi je suis au Japon depuis si longtemps. C'est à cause de cet escalier et c'est à cause de cet aigle. Si vous montez les marches et que vous vous placez à l'endroit exact où se pose cet aigle, soudain le regard s'aiguise et toutes les perspectives s'en trouvent profondément modifiées. Au Japon, j'ai trouvé l'angle du monde.

*

La découverte du Japon fut aussi pour François un choc immense. Je le revois en train de faire ses premiers pas dans la petite maison de bois, au bord de la rivière. Il est timide, impressionné : une maison japonaise ! D'abord en retrait et dans l'ombre, il se penche doucement et son long buste courbé émerge lentement de la cloison de papier derrière laquelle il se tient, presque caché. Puis, il entre dans la lumière jaune paille de la pièce. L'odeur du tatami l'enchante. Une odeur de hutte : l'alliance du riz et du jonc délivre un arôme discret parsemé de petites lamelles dorées. Le toucher aussi : c'est doux et soyeux quand vos doigts les effleurent dans le sens du tressage, grenu et raboteux dans le sens contraire. Toute une palette de sensations sous les doigts. On retrouve le contact avec le sol et, comme c'est curieux, dès que le pied touche la paille, on respire mieux. Il y a des couloirs dans notre corps, des tunnels oubliés, des corridors secrets : de la plante des pieds aux fibrilles des bronches, de la racine des cheveux à la pointe du talon.

François ouvre la porte sans faire de bruit et disparaît à l'intérieur, sur la pointe des pieds. Une lumière éclaire le mur. À droite, mon vieux téléphone noir à cadran, posé sur la table en bois de camélia ; à gauche, une lampe conique penchée sur un plateau de pommes rouges. Plus loin, on voit la moitié d'un abat-jour, une lampe de papier où jouent des taches de couleur. C'est doux, c'est calme : le feuillage des arbres proches de la fenêtre baigne la pièce de reflets verts.

Le Japon lui va bien : un étrange mélange de contours très nets, de gestes tranchants (faire glisser d'un poignet ferme la paroi coulissante, verser sans trembler l'eau brûlante dans la théière) et d'attitudes flottantes, de formes diluées (humer les vapeurs qui s'échappent de ce bol de thé, regarder les volutes qui s'enroulent dans l'air et se glissent par la fenêtre un soir d'été). Il est parfaitement à son aise dans ce monde flottant.

Ce que François trouve au Japon : le flottement. Le flottement contre le frottement. L'esquive, la ruse, le paravent. La mort de Thierry d'une overdose dans une chambre d'hôtel le hante. Il sort de journées épuisantes à filmer les épaves de la rue, à documenter la misère sociale, à prendre en pleine face, de plein fouet, l'immense violence cachée qui accompagne la production des richesses dans un pays dit civilisé. Il a touché du doigt l'extraordinaire brutalité abrasive d'un système d'injustice et de bonne conscience mêlées : jour après jour, nuit après nuit, il a constaté les dégâts de ce système, prenant tout, arrachant tout, frottement après frottement, et ne laissant derrière lui que des lambeaux de vêtements et des chiffons de chair, des bribes de parole et des existences réduites à l'état de débris. Il a vu les corps détruits et comme passés à l'émeri, les veines bleues et exsangues d'avoir été trop piquées, les poumons en charpie, les visages ravagés, les destins saccagés.

Mais au Japon, dans un pays étranger et lointain, il redécouvre la beauté et la douceur sous un jour neuf. Souvent, il s'allonge sur le tatami, étend les bras et les jambes et renverse la tête au soleil : c'est comme s'il nageait dans une grande mer de lumière. Son visage même change : les traits sont plus larges et plus veloutés, il s'ouvre à nouveau, il devient plus léger. Le haut de son buste se redresse. C'est le printemps, il porte des vêtements amples, des chemises blanches, les manches et les épaules sont flottantes, le cou libéré.

Quelques années plus tôt, Roland Barthes a connu lui aussi cet extraordinaire *retour en grâce* : alors qu'il sort d'une controverse un peu vaine avec un professeur sorbonnard, Raymond Picard, à propos d'un livre sur Racine, le directeur de l'Institut franco-japonais, l'écrivain Maurice Pinguet, l'invite au Japon pour quelques mois. C'est là que Barthes retrouvera la force et la sérénité, et bifurquera vers une recherche toujours plus personnelle et inclassable, loin du raffut universitaire.

Au Japon, le corps de François vogue de plus en plus à rebours de toute consistance et de toute épaisseur – il se maintient dans une sorte d'indéfinition flottante, qui n'est ni une dilution ni un délitement. Il se dépouille peu à peu de tout excédent. Il sourit tout le temps, on dirait qu'il est en route vers la béatitude, l'évanouissement. Il est évanescent. Il est en train de disparaître et de ressusciter, de l'autre côté. Il expérimente cette liberté suprême : la disparition.

Pour que ce phénomène ait lieu, il suffit de savoir s'abstraire, de s'absenter – d'entrer en résistance, c'est-à-dire en clandestinité.

*

Le Japon est le grand pays de la disparition.

La disparition n'est pas un anéantissement, au contraire. Ce n'est pas non plus une fuite, un effondrement ou une dispersion. Ce peut être une perte, mais ce n'est pas une privation. Ce n'est (pas du tout) un ensevelissement, (encore moins) une dissolution. Ce serait plutôt comme un lent dépeuplement contrôlé, un éloignement des choses inessentielles, une raréfaction.

« Comment allez-vous ? Vous vous faites rare... » Vous ne croyez pas si bien dire. Dans une soirée, vous vous mettez à la fenêtre pour fumer votre cigarette, et soudain, hop ! volatilisé... Lors d'un cocktail, vous vous absentez : vous sortez cinq minutes, vous ne revenez jamais. Ici, là-bas, plus loin encore : vous vous *raréfiez*. On vous croit à Tokyo, vous êtes à Pékin, on vous appelle à Pékin mais vous êtes déjà à

Taïwan. On a cru vous voir à Saint-Germain, vous étiez à Saint-Denis (de La Réunion), puis on vous cherche à New York, mais on vous retrouve à Paris (Texas). Les gens ne savent plus par quel bout vous prendre – et le plus souvent ils ne se doutent même pas que vous n'avez pas changé de place, simplement ils ne vous voyaient pas. Vous étiez là, tout le temps. Vous avez tout votre temps. Rien d'arrogant, rien de prétentieux. Bien au contraire, vous êtes la modestie même. Vous devenez expert en l'art de la disparition.

Notre grand maître en la matière, c'est lui : Tanizaki. Il faut l'entendre, dans ce subtil petit livre au titre délicieux, *Le Secret*, donner des conseils pour s'initier aux techniques de la dématérialisation. D'emblée, Tanizaki refuse la facilité. Il ne va pas se dissimuler dans une petite ville de province ou dans quelque faubourg isolé. Non, c'est en pleine ville qu'il décide de trouver « certains coins surprenants, morts désormais et n'attirant l'attention de personne ». Et pas dans n'importe quelle ville, dans la plus grande du monde : Tokyo. C'est ici, « au milieu de la cohue des rues populaires », qu'il va se mettre en quête de « quelque oasis de paix où ne passent qu'exceptionnellement des gens bien déterminés dans des circonstances bien déterminées »... Et il ajoute, avec une précision quasi scientifique, « exactement comme dans un torrent impétueux se forment ici et là des trous d'eau dormante ».

Pour trouver l'eau dormante dans le torrent impétueux, François et moi développons avec Tanizaki une série de méthodes erratiques qui finissent par former le dessin d'une stratégie implacable :

– dans sa ville natale (ou celle que l'on habite, « à demeure » comme on dit), trouver à chaque sortie une rue où l'on n'a jamais mis les pieds ;

– toujours partir à la recherche de la « ville basse » au sein de la grande cité : quitter les avenues tracées au cordeau, les boulevards bien alignés, pour se jeter dans l'inextricable lacis des rues et des ruelles sans nombre, convaincu que, « pour disparaître, là se trouve la clef » ;

– refuser la *routine*, c'est-à-dire les avenues grégaires et les chemins bien tracés. Parfois, il suffit de tourner dans une ruelle transversale pour avoir la surprise de déboucher dans une zone à l'abandon et complètement déserte ;

– marcher dans chaque ville comme un passager clandestin ou un agent secret ; sortir surtout le soir, quand la nuit tombe, quand les travailleurs du jour vont se coucher, que les parfums se lèvent et que la vraie ville commence à respirer ;

– trouver dans chaque ville ses médinas ou ses *sestieri* : l'endroit exact où une rue esquisse un angle imprévu et ouvre le paysage vers une signification nouvelle, où un boulevard se lézarde dans le joyeux réseau des rues secondaires, où le détour d'une ruelle vous transporte en un clignement d'œil dans un endroit secret, tenu en réserve hors du chemin du temps ;

– privilégier la pénombre, plonger dans les zones obscures ou les passages mal éclairés, pousser systématiquement les portails entr'ouverts, pénétrer dans les édifices, se glisser dans les interstices, explorer tous les orifices, méditer dans les endroits *équivoques*, ausculter les failles et les fissures, sonder les anfractuosités ;

– enfin, partout, chercher avec opiniâtreté les endroits par où vous n'êtes jamais passé.

Ainsi, à chaque instant, vous trouverez à la fois le calme et la surprise. Vous ferez fuir les importants et les importuns, et vous garderez seulement auprès de vous vos livres, vos amours et vos amis.

*

Cette vie de loup-garou provoque très vite un accroissement remarquable de toutes les facultés intellectuelles, sensitives aussi bien que cognitives. Mieux que le haschisch !

Nous partons, nous voyageons. Nous prenons le bateau à Osaka et traversons la mer Intérieure, la bien nommée. C'est une lente traversée sans escale en même temps qu'un voyage à l'intérieur de soi. Se faufilant entre trois grandes îles (Honshu, Shikoku et Kyushu), la mer Intérieure est un long bras de mer bordé d'un mélange de panoramas verdoyants entrecoupés de paysages industriels dévastés.

François regarde les îles, disposées comme des touches de pinceau sur la toile de la mer. Il observe tout, il absorbe, il retient : il peut rester des heures à scruter le sommet d'une montagne ou le creux d'un ravin. Il vogue de surprise en surprise. Le Japon lui convient. Toujours, on n'en voit qu'une partie. C'est la ruse du paravent qui se plie, se déplie, se replie… Le paravent ne laisse jamais voir qu'un fragment, un moment du paysage, rejouant chaque fois une partition différente : « C'est une fugue de Bach, dit François, une forme de composition à plusieurs parties, avec un sujet et des contre-sujets, qui semblent s'échapper à chaque instant, fuir et se retrouver sans cesse de voix en voix. »

Dans cet archipel subtil se joue une certaine logique de l'émergence, de l'apparition et de la disparition, qui exerce le regard, l'aiguise jusqu'à la démence. Ce n'est pas un hasard si le Japon a donné au monde certains de ses plus grands cinéastes. Nous visionnons tous les films d'Ozu, de Kurosawa, de Mizoguchi… la sainte trilogie. Mais aussi Naruse, Ichikawa, Oshima, Itami, Suzuki… Films de sabre *chambara*, films de gangsters *yakuza*, romans pornos et portraits de femmes, âge d'or et nouvelle vague, notre soif de voir et de savoir est inextinguible. J'ai retrouvé dans mes papiers une liste de films que nous avons vus lors de ce voyage. Elle est très incomplète mais, telle quelle, elle forme déjà l'esquisse d'un étrange poème où je retrouve toute la palette de cette époque, son *grain*, son énergie, et où l'on peut lire d'une certaine manière toute l'histoire de notre vie :

Journal de voyage de Chûji
La Mère, Endors-toi sur la poitrine de ta mère, la jeunesse de la Bête, un fils dont on peut se vanter

Le jeune universitaire, l'épanouissement du printemps

Debout au carrefour

Va d'un pas léger

L'Éclair, Quand une femme monte l'escalier

Nuages d'été, Nuages épars, Nuages flottants, au gré du courant

Les Contes cruels, l'Île nue

La période de mensonge de la jeune fille de dix-huit ans, Voici les femmes du printemps qui pleure, Comment attaquer en amour,

Les Amants crucifiés,

La marque du tueur, la pureté de la mer, les fleurs et les vagues, la beauté des bas-fonds,

Au-delà du col

Pauvres humains et ballons de papier

Printemps tardif, été précoce, fin d'automne, rêve de chaque nuit

Fleurs d'équinoxe

Les contes des chrysanthèmes tardifs, Je ne regrette pas ma jeunesse

C'est une histoire écrite sur l'eau

François a un faible pour Mizoguchi, *Les Contes de la lune vague après la pluie*. Pourquoi ? Quand Mizoguchi filme, on dirait qu'il ne filme pas. Le brouillard est le brouillard, la pluie la pluie, une poterie une poterie. Le lac Biwa apparaît soudain devant vous, ou plutôt il *remonte* à la surface comme si depuis la nuit des temps c'est en vous qu'il était enfoui. On ne voit pas, on *sent* les roseaux qui frôlent la barque, on suit le chemin le long du fleuve, on entend la voix des morts qui traverse la brume, on est submergé par le parfum des femmes qui flotte dans la nuit. Alors, comme le disait André Bazin, citation que recopie François dans le petit carnet blanc qu'il a acheté à la librairie près de la rivière : « La cohésion des sensations visuelles, auditives, spatiales, crée une immense et complète provocation du cerveau humain. »

*

Mais pour bien connaître le Japon, il faut aller à Tokyo. Après le bateau, le train. Sur le chemin de la capitale, nous croisons le mont Fuji, qui domine de sa haute silhouette inexplicable les paysages de la baie de Tokyo.

François (qui a beaucoup lu Dazai) a calculé que les pentes du mont Fuji convergent à un angle de quatre-vingt-cinq degrés sur les peintures de Hiroshige, et de quatre-vingt-quatre degrés sur celles de Bunchô. Chez Hokusai, cet angle est d'à peu près trente degrés. Et sur une carte d'état-major (il a aussi vérifié !), il constate que l'angle des pentes est-ouest est de cent vingt-quatre degrés, et celui des pentes nord-sud de cent dix-sept degrés. Qu'est-ce à dire ? Pourquoi toutes ces mesures éparses ? À la vue du Fuji, on dirait que tous les calculs s'égarent. Ce décalage, cette superposition impossible entre les chiffres, les images et la réalité hantera François toute sa vie.

Une fois de retour en France, il m'écrira les mots suivants : « Le mont Fuji est photogénique, mais quelque chose en lui résiste à toutes les images. La surabondance de vues n'épuise pas sa beauté et aucune ne peut rendre compte avec exactitude de l'impression qu'il procure "en vrai". »

Au Japon, François découvre une vérité simple mais qui change sa vie : quelque chose peut quitter le domaine du visible, il y a de l'incalculable.

*

Il y a plusieurs manières d'explorer le royaume invisible. À Tokyo, notre folie des alcools continue de plus belle. L'ange de l'ivresse veille sur nous.

Tokyo est la ville des bars. Berlin, Londres, oui. New York, bien sûr. Mais Tokyo est la ville des bars. Dans ce pays de danger et d'alerte continuels, toujours exposé à quelque catastrophe – tsunami, incendie, typhon, éruption, séisme, inondation… (Claudel s'indignait qu'on ait pu « placer la capitale d'un pays sur ce couvercle de chaudière ») –, les bars sont à la fois des retraites et des refuges, des tanières et des sanctuaires.

Comme me le disait François, toujours facétieux, ce sont des lieux qui sont pour ainsi dire *fériés*. Des lieux de vacance, de suspension et de disponibilité, dans le vacarme ambiant. Au milieu de la cohue perpétuelle des gens, qui vont au travail ou qui en reviennent, au cœur de toute cette agitation multicolore, dans la folle écriture des antennes, des fils électriques et des enseignes publicitaires qui forme la trame de la plus grande ville du monde, quand l'horizon vire au rouge, dans la sagesse du soir, heureusement il y a les bars.

Il y en a pour tous les goûts et pour tous les budgets. Des bars-cavernes et des bars-donjons, des tavernes cachées dans une bibliothèque ou des troquets nichés sous une voie ferrée. En dehors des bars à thème, plus fous et plus surprenants les uns que les autres (le bar-tulipe de Shibuya, où les sièges s'ouvrent comme des pétales, le bar-pénitencier L'Alcatraz, où une serveuse-geôlière vous mène à votre cellule...), il y a tous ces bars moins spectaculaires, mais qui donnent à Tokyo son cachet inimitable. Au coin d'une ruelle, une enseigne discrète, voire introuvable; au mur une rangée de bouteilles éclairées par-derrière, des étagères chargées de vieux vinyles; dans la pénombre, l'odeur de pin du comptoir, le frottement du diamant sur le disque noir.

Partout, au moment où on s'y attend le moins, des bars minuscules, certains à peine plus grands qu'un trou dans le mur: l'endroit rêvé pour une évasion.

Il y a aussi la topographie particulière de la ville. Dès qu'on quitte les grandes avenues rectilignes, c'est un lacis de ruelles étroites et incurvées, une succession de villages et d'échoppes, accompagnés d'une délicieuse odeur de viande grillée au soja et parsemés d'éclats de rire.

Tokyo est la ville des ruses et des rivières. Peu de gens le savent, mais de nombreuses ruelles suivent le tracé d'anciennes rivières : les lits ont été comblés mais l'empreinte en a été sauvegardée, sous la forme ici d'un sentier sinueux, là d'une chaussée louvoyante, plus loin d'un chemin serpentin. De plus, les sillons de l'ancienne ville d'Edo n'ont pas complètement disparu et continuent d'irriguer la capitale. Edo était parcourue de rues étroites et de canaux, ponctuée de carrefours à angle droit. Routes détournées, chemins pentus, passages-pièges, colimaçons : dans la logique d'une cité féodale, tout était fait pour ralentir les progrès d'éventuels assaillants. Lorsque la ville a été modernisée et qu'elle est devenue Tokyo, les rues ont été élargies et la structure bouleversée ; mais Edo subsiste sous Tokyo et la nouvelle ville en garde la mémoire. Dans les interlignes de cette mémoire palimpseste et paléographique, de nombreux bars sont venus se lover.

C'est pourquoi peu de villes sont aussi propices que Tokyo au « long, immense et raisonné dérèglement de tous les sens » que l'alcool peut provoquer. Toutes ces ruelles qui ruissellent vous invitent à l'ivresse. L'ivresse commence sous vos pas.

Si l'on peut boire de tout à Tokyo – des grands crus de Bordeaux aux plus beaux whiskys d'Écosse en passant par des alcools chinois délectables –, il est évident que seule une initiation approfondie au saké japonais, le *nihonshu*, pourra vous apprendre les vertus de l'ivresse à la japonaise. Sauf quelques vins venus de France, et quelques grands millésimes de rhum de l'autre côté des mers, nul alcool sur la Terre n'est plus riche que le saké en tant que forme et véhicule poétiques. Cet alcool dit absolument tout ce qu'il veut dire, crée éternellement des situations surprenantes, resplendit de sensations inouïes et finalement est la gaieté même.

Élixir de combat, le saké est aussi un breuvage purificateur. Taïwan, Hong Kong, la Corée ou la Chine : toute l'Asie le sait, sa fabrication est d'origine divine. Autrefois, la fabrication du saké dans les villages était confiée à de jeunes vierges, qui mâchaient le riz puis le recrachaient, leur salive provoquant ainsi le début de la fermentation. On dit souvent, banalement, que le saké a une fonction sociale (les libations étant censées fournir le lubrifiant des relations interpersonnelles), mais il permet surtout de se mettre en contact direct avec le divin.

C'est aussi ce qu'affirment, à leur manière, les démarches savantes et subtiles des alcoolisés au saké dans la nuit de Tokyo. Regardez-les se mouvoir délicatement, à pas de loup ou à dos de loutre. Ce sont des chats qui dansent ou des poissons qui plongent, c'est-à-dire des particules instables, qui changent à chaque moment de niveau d'énergie et traversent l'espace en crochets délectables. Des sortes de singularités ponctuelles, qui se déplacent parfois en groupe. Quelque chose rayonne dans leur nuit, qui ne se réduit pas aux déambulations des fêtards ou aux pittoresques querelles d'ivrognes. Ils n'agressent jamais personne (les rixes sont ici rarissimes), mais à travers eux se déploient toute une théorie de la mesure, une méthode consommée de la perturbation, une façon de penser par ricochets, par embranchements et par bifurcations. Un éternel sourire semble flotter dans la pénombre sur leurs lèvres humectées. Ils en sont la preuve vivante : le bonheur du saké est comme une nasse qu'on tire d'un autre monde.

*

Le premier séjour de François au Japon ne dure pas très longtemps, mais il est inépuisable. Il continuera toute sa vie à nourrir son travail et sa pensée.

La dernière scène que je garde en mémoire se situe lors de notre voyage sur la mer Intérieure. Nous sommes le 21 mars : c'est l'équinoxe de printemps, mais aussi l'anniversaire de François. François est né au moment exact où la durée du jour est égale à celle de la nuit, et il en est très fier (comme s'il y était pour quelque chose). Il rappelle également que Jean-Sébastien Bach est né un 21 mars, le même jour que lui ! Il a raison : le printemps, c'est eux.

Nous sommes dans le bateau qui nous mène d'Osaka à Beppu, et pour fêter ce triple événement, nous avons acheté du saké. Il y a dans la soute un bain public : vers minuit, il est complètement vide, nous nous y glissons. Allongés tous les deux dans le bain, par le grand hublot de forme oblongue, nous apercevons la mer, une immense mer d'huile férocement noire, où flottent çà et là quelques feux de pêcheurs, quelques lueurs de barques. Nous sommes dans le bain, nous voguons de conserve, un verre de saké à la main. À ce moment précis, nous goûtons de manière intense un moment parfait : la mer noir et bleu dans sa limpidité pure, le bonheur transparent du bain, la griserie de l'alcool de riz, le clapotis de l'eau qui pianote sur les flancs du bateau, la ligne de flottaison du navire qui rejoint exactement le liseré du bain, une évidence claire, cette coïncidence entre le monde et nous. François est aux anges : il me dira un jour qu'à part pour la naissance de sa fille, il n'a jamais été aussi heureux. Il y a quelques moments parfaits dans la vie, celui-ci en était un.

Et maintenant ? Maintenant, François est mort.

Ce soir, à Montmartre, je lis dans le *Kaidôki*, un autre journal de voyage, de Kyoto à Kamakura, le long de la route du Tôkaidô, ces quelques lignes crayonnées de la main d'un auteur inconnu : « Les traces de mes pas d'hier sont aujourd'hui un rêve. Aujourd'hui, où je passe ici, en quel lieu dirai-je demain que c'était hier ? En vérité, les mois et les années qu'on a laissés derrière, de rêve se sont mués en rêves. Sentiers et montagnes d'hier et d'aujourd'hui, des nuages entrent dans les nuages. »

Et, dans ces quelques mots tracés au début du XIIIe siècle sur un chemin de poussière, je sens s'élever un léger miroitement, comme un tremblement ou, pour mieux dire, un *vertige*, qui est celui du Japon, mais aussi celui du passé lui-même.

4

RUE SAMBRE-ET-MEUSE : CE QUI NOUS LIE

Maintenant je laisse les phrases venir et s'ouvrir et se déplier une à une. Les phrases arrivent et dévorent la distance, elles la suppriment. Les heures d'argent et de soleil se soulèvent. Le temps et l'espace se dissolvent : je marche dans ma mémoire, je remonte la rue et je remonte le temps. Soudain, le sentiment d'irréversibilité du temps, qui est le propre d'une remémoration nostalgique, s'absente. La rue est en pente et à mesure que je la remonte, j'ai la sensation de prendre le temps à revers : écrire, c'est passer de l'autre côté du temps.

Le souvenir est comme un reflet qui passe trop vite sur un mur, un signal lumineux rapide : un flash et puis plus rien. Des appels sporadiques, des signaux désespérés. Rien à en tirer. La mémoire en revanche, c'est du morse. Sons brefs, sons longs, une combinaison grésillante, un alphabet crépitant. Alors, les dépêches peuvent s'écrire, les ondes passent : la mémoire pétille et scintille, la transmission est assurée.

Je suis revenu dans la rue Sambre-et-Meuse. La nostalgie possède un charme redoutable, mais c'est autre chose que je suis venu chercher ici. Tout d'un coup, les événements paraissent reculer de manière prodigieuse. Et alors que je ne pensais trouver que la tristesse, le regret, la mélancolie qui s'attachent si souvent aux fantômes du passé, je suis happé par les bruits du printemps, l'odeur des lilas, les rayons du soleil qui jouent sur ma main et suffisent à refermer le frigidaire de la nostalgie, à le repousser au loin. La mémoire est nomade, elle suit les chemins qu'elle veut.

Je repasse devant la poste, d'où il m'a envoyé des centaines de lettres. Dans un coin, le passé fait le guet. Le restaurant Le Coin de Verre, qui faisait l'angle de la rue Sambre-et-Meuse et de la rue Sainte-Marthe, a aujourd'hui disparu. Mais je me faufile entre les jours, dans la bretelle du temps, entre le double harnais du passé et du présent. Les jets de lumière sur les balcons font chatoyer ma mémoire. Je vois très précisément sous quel angle s'ouvre la place Sainte-Marthe, le mouvement familier des rues, les enseignes complices, j'entends le grondement des camions et les rires du trottoir : rue du Buisson-Saint-Louis et rue Saint-Maur, passage Hébrard… Je revois François qui marche le long du boulevard de la Villette, sa cigarette à la main : il est débraillé, désinvolte, dessalé. Disponible à la rencontre, au vent léger. Ce sont les plus belles heures du monde, une clarté joyeuse et libre inonde le boulevard et illumine son visage. Nous étions bien loin alors de la tromperie du temps.

*

Le quartier de Belleville, malgré son nom, n'est pas d'une beauté immédiatement accessible. Son élégance très singulière se révèle seulement à ceux qui n'ont pas froid aux yeux, parlent plusieurs langues, savent lire entre les lignes des rues et les fissures des bâtiments. Aragon, l'un des seuls et mieux qu'aucun autre, a su lui rendre hommage, dans une description qui touche encore juste soixante-dix ans plus tard : « Cette partie de Paris, avec son petit négoce délabré, la tristesse des étalages, les maisons lépreuses, déshonorées par des réclames si vieilles qu'on ne les voit plus, est un serrement de cœur pour les hommes qui ont l'habitude des quartiers de l'ouest, du cœur élégant de la capitale. Elle n'a pas le romantisme du Marais, les souvenirs historiques du Quartier Saint-Honoré, le lyrisme de la place des Victoires. Il n'y a rien pour y sauver la rêverie. Rien n'est ici le monument de quelque chose : pourtant il a dû s'y passer des événements, dans les convulsions de la ville et de l'histoire. Mais, comme on ne se souvient que de ce qui est arrivé aux grandes familles, ces rues populaires n'ont rien gardé pour la légende. Ou si elles portent un secret, c'est bien enfoui, bien perdu. Enfin, c'est à d'autres gens que cela fait battre le cœur. » Je fais partie de ces « autres gens », et François en faisait partie aussi.

À l'époque dont je parle, les maisons sont sans doute moins lépreuses que du temps d'Aragon, mais les rues sont délabrées, défoncées même en plusieurs endroits. Le quartier est constamment en cours de rénovation et pourtant ne semble jamais se rafraîchir ni se moderniser. Pas de disquaires, de boutiques *vintage*, de « bars incontournables », d'épiciers bio ou de galeries d'art. Pas un cadre supérieur à l'horizon, ni de designer aux environs. La rue Sambre-et-Meuse n'est pas un *spot*, n'est pas *hype*, n'est pas tendance, n'est pas *trendy*. En revanche, le quartier abrite plusieurs communautés pleines de surprises et la place Sainte-Marthe est déjà cette merveilleuse oasis où l'on peut déguster un verre de vin blanc en renversant la tête au soleil.

La population est variée, comme Belleville sait l'être. Il y a les Kabyles et les Juifs tunisiens, mais aussi les Chinois de Wenzhou, une ville au sud de Shanghai qui fournit, avec quelques gens de Qingtian, les bataillons d'ouvriers des ateliers clandestins. De plus en plus de Turcs, des Africains, des Sri Lankais et des Malais, populations bariolées qui ne se retrouvent guère qu'au parc de Belleville ou au supermarché. Mais déjà, leurs enfants vont à l'école ensemble et, à partir de cette mémoire mosaïque, fabriquent de nouvelles formes d'identité.

Toute une économie parallèle se développe derrière les murs ladres et les rideaux de métal gris qui ne s'ouvrent jamais aux regards indiscrets : jeux d'argent, tripots à la Macao, cabinets médicaux clandestins… Surtout, le « petit négoce délabré » a laissé place à une nuée d'ateliers de confection clandestins tout aussi dépenaillés mais presque complètement invisibles. De temps en temps, une camionnette remplie de sacs de tissus ou de ballots de linge s'arrête, charge ou décharge, et repart à un train d'enfer – claquements de portières, une vague odeur de basane ou de daim qui plane sur le trottoir et c'est déjà fini. La police peut bien faire ses rafles de temps à autre, les minuscules échoppes bondées de travailleurs obscurs et de machines à coudre se reconstituent toujours, quasi instantanément, travaillant nuit et jour dans un vacarme d'aiguilles sautillantes et de pans d'étoffes multicolores.

François est tout de suite très à l'aise dans cette vie souterraine et toujours renaissante : il se délecte des grincements des pédales et du cliquetis des aiguilles qui montent des arrière-cours, comme si un organisme de muscles et de métal, de tendons et de câbles, tapi à l'abri des murs, tricotait dans l'ombre une immense symphonie mécanique, décorée de quelques haillons de tissu et de lambeaux de peau d'homme. Cet endroit lui plaît, avec son mélange – typiquement Belleville – de grands immeubles modernes, de petits bistrots français et de restaurants chinois. La nuit venue, on va manger un canard laqué sur ses crêpes mandarins, un porc épicé au caramel ou des crevettes sautées à la coriandre. Sur la table, toujours des légumes verts à feuilles longues, dans l'air flotte une odeur de concombres lavés et de graines de sésame.

*

Le 17 novembre 1993 sort en salle le film d'Alain Cavalier *Libera me.* Le cinéaste a obtenu le prix du Jury à Cannes pour son film précédent, *Thérèse* (ainsi que six césars, dont ceux du meilleur film, du meilleur réalisateur et du meilleur scénario), mais son nouvel opus plonge beaucoup de critiques dans une grande perplexité.

Tourné uniquement en gros plans et en plans rapprochés, *Libera me* est un film sans paroles et sans musique, et quasiment sans fiction : il y a bien une succession de tableaux où l'on devine une histoire – des pères, des fils, des prisonniers et des gardiens, des exécutions, des signaux codés, des messages clandestins –, mais le tout dans une absence totale de décors, de dialogues et de narration. Pour cet essai paradoxal écrit dans un langage cinématographique radicalement nouveau, Cavalier a choisi un assistant réalisateur débutant de vingt-sept ans : François.

Projeté à Cannes, *Libera me* est tour à tour applaudi et conspué. Pour certains, c'est un « objet rare », un « tableau impressionniste », une « œuvre maximaliste » ou une « épure tragique ». Pour d'autres, c'est l'exercice de « mortification » d'un « auteur paranoïaque », qui provoque « un sentiment de solitude et d'abandon ». Ce « film de l'entre-temps, neuf et vierge », suscite tout de suite l'admiration ou l'exaspération. Cavalier seul !

Il faut dire que *Libera me* est un objet filmique difficilement identifiable. L'intrigue est étrange, voire inexplicable. Lorsque Cavalier en commente quelques images, à sa manière immédiatement reconnaissable, sèche et nette, sans fioritures, le trouble redouble : « Des adolescents ont kidnappé un policier dans un café. Ils l'ont passé au mercurochrome, ils l'ont relâché. Un avertissement ? Invention d'une autre forme de lutte que le meurtre ? Humour noir et dérision ? Que veulent-ils ? » Oui, c'est vrai : que veulent-ils ? Excellente question !

Ajoutez *par-dessus le marché* un titre tiré de la liturgie catholique, et en latin, et vous aurez une idée des perturbations provoquées. *Libera me* est la prière qui clôt la cérémonie des funérailles à l'église et demande la délivrance totale des péchés : *Libera me, Domine, de morte aeterna*… « Délivre-moi, Seigneur, de la mort éternelle… » Quoi, un titre en latin ? On imagine aujourd'hui les cris d'orfraie des producteurs patentés. Mais vous rêvez ? Oui, le vrai cinéma est un rêve éveillé.

On ne peut qu'être frappé pourtant par la beauté des lumières, l'élégance et la rigueur du montage, la justesse des plans. Plan fixe, cadrage serré : voici le poing fermé d'un jeune homme, le poignet entouré du mouchoir de l'aimée. C'est le policier qui a permis au prisonnier de garder son talisman. Et là, des pommes au four qui se souviennent des oranges de Cézanne : elles *sonnent* à l'écran comme une déclaration d'amour. Et, comme le dit Cavalier lui-même :

« Ces images peuvent aussi avoir d'autres sens, le spectateur les trouvera sans difficulté selon les chemins de sa vie. » Vous voyez ? Vous entendez ?

Dernière hérésie : trois ans de travail, trois mois de montage, *Libera me* est aussi un film *économe* (moins de cinq millions de francs de l'époque, alors que le coût moyen était de vingt-trois millions), tourné dans des conditions budgétaires d'une grande lucidité. « L'argent est l'ennemi du film, l'argent est inquiet, il poursuit le cinéaste et veut l'empêcher de faire des choses. » Allez dire ça à un cinéaste d'aujourd'hui !

François a beaucoup été influencé par son travail avec Alain Cavalier. Ce qui lie François à Cavalier est à la fois très simple et très profond : le refus du verbiage (celui de la langue et celui de l'image), du symbolisme convenu, l'importance des interprètes non professionnels (parmi lesquels François lui-même se glisse, et qui donnent au film une sorte d'innocence native), le goût du détail, la densité des corps, des objets et des gestes (le secret sombre d'une peau, la clarté d'une étoffe), la résistance au superflu, tout ce qui fait de ce cinéma un hymne à la réalité physique la plus concrète et la plus profonde, la moins apprêtée. François saura s'en souvenir à chacun de ses films, à commencer par *Thierry, portrait d'un absent* : « Dès qu'un plan n'a pas été construit par un cinéaste, il enseigne la vie d'aujourd'hui, et instruit sur le cinéma. » *Dont acte.*

*

Une chambre en ville. L'appartement de François est au troisième étage du 29 rue Sambre-et-Meuse : une moquette rouge, des murs blancs, mais surtout un bordel épouvantable. Le voici, tel que me le décrit François dans une lettre :

Au milieu d'un capharnaüm absolu, sur une table jonchée de paperasses en tout genre, de journaux, de détritus, de paquets de cigarettes vides, de cendriers pleins, de livres cornés et jaunis par la fumée, dans une pièce comme soufflée par une explosion au gaz ou dévalisée par des vandales.

Et c'est vrai, il y a de l'électricité dans cette pièce. Sur la table, sur le lit, dans l'armoire, des piles de disques et des montagnes de livres, des papiers en vrac et des partitions déployées. Dans un coin, des batteries de CD qui tournent en boucle toute la nuit et toute la journée. Dans un autre, des magazines de cinéma et des revues scientifiques, des livres d'histoire, des cartes du ciel et de géographie… Dans un autre encore, des traités de physique quantique et de chimie.

De l'autre côté, à même la moquette rouge, des dictionnaires de toutes sortes (le *Littré*, le *Larousse*, le *Gaffiot*…), que François compulse à toute heure, pris d'une curiosité indomptable. Cela fait dans tout l'appartement des tourelles entières de livres, des dômes, des bulbes, des rotondes…

une architecture mobile de volumes variés, de l'atlas géostratégique au carnet à spirale. C'est un petit espace mais qui, par l'incroyable amoncellement de disques, de livres, de revues, de cendriers, se transforme en un gigantesque navire musical et rempli de fumées, prêt à toutes les traversées. La chambre de la rue Sambre-et-Meuse est un chantier où circule tout le savoir du monde.

*

Le voyage au Japon reste dans la mémoire de François, il m'en parle souvent. Après le tournage de *Thierry, portrait d'un absent* et de *Libera me*, il n'a qu'une idée en tête : repartir. La rue Sambre-et-Meuse devient une base arrière, où François rêve et prépare à la fois ses films, ses lectures et ses voyages. Lui qui n'a pratiquement jamais quitté la France auparavant, si ce n'est pour une escapade à Venise, qu'il adore, et un séjour linguistique aux États-Unis, où il a passé son temps à lire toute la *Recherche du temps perdu* de Proust et à écouter l'intégrale des cantates de Bach, est soudain taraudé par le désir de partir. Il a, comme il l'écrit dans une jolie formule, « le mal de tous les pays » :

Que ne puis-je être à tes côtés en ce moment !... En travaillant sur Paul Morand, je réalise qu'il a passé près de dix ans à parcourir le monde pour son seul plaisir. Depuis le Japon, je suis pris par ce désir des voyages. J'ai le mal de tous les pays.

Cela tombe bien : *Thierry, portrait d'un absent* vient de recevoir le prestigieux prix Louis-Marcorelles du festival Cinéma du réel. Du coup, il a un peu d'argent, mais surtout on lui commande un film, un documentaire sur Tarzan. C'est l'occasion de partir aux États-Unis pour une semaine rencontrer l'écrivain américain Philip José Farmer, qui a écrit deux livres sur le seigneur de la jungle. Après les errances des zonards et l'initiation au Japon, c'est un contraste étonnant mais il accepte. C'est l'occasion de voyager.

*

Le séjour aux États-Unis est un fiasco complet, éprouvant mais instructif. François le raconte avec cet humour qu'il conserve jusque dans les circonstances les plus difficiles :

Paris – Washington – Chicago – Louisville – Chicago – Los Angeles – Chicago – Peoria (Illinois) – Chicago – Paris. Tel fut notre périple ! Une semaine où j'ai passé le plus clair de mon temps dans les aéroports, les airs, sur les routes et dans les infâmes « Motel 6 », dont seuls les Américains ont le secret. Ces changements quotidiens de fuseaux horaires et de climat ont fini – la fatigue aidant – par me plonger dans un état second, comme en hypnose. Un ouragan ou une tempête de sable auraient bien pu se déclencher que je n'en aurais nullement été étonné.

Il y a bien quelques moments d'étonnement, par exemple lors de l'arrivée à Los Angeles : « Los Angeles vue d'avion est une chose que je ne suis pas près d'oublier. La dernière heure, tu survoles tout le grand désert du Nevada, tu franchis les Rocheuses enneigées pour plonger sur L.A. qui s'étend dans toute la vallée à perte de vue et qui n'a été arrêtée à l'ouest que par l'océan. La ville est plane, taillée au cordeau, et la nuit, des millions de lumières la font ressembler à une gigantesque structure de vaisseau spatial prêt à décoller. Tout ce petit monde s'agite furieusement et donne la sensation de courir joyeusement à l'Apocalypse. »

Mais de manière générale, le voyage aux États-Unis n'apporte pas à François la sensation de découverte espérée. Il désirait un nouveau départ, un décollage même, il se retrouve à faire la navette entre des motels et des aérogares. Le reste du temps, il marche, il erre, les rencontres ne se font pas, rien ne s'enclenche – ou ne se déclenche – comme il veut :

À Chicago, j'ai tenté de marcher un peu dans les rues et d'atteindre le lac Michigan dont le rivage était déjà gelé. Mais j'étais trop transi de froid et les plus hauts buildings me donnaient le vertige. Je me suis donc très vite réfugié dans un bar cosy et bourgeois où quatre femmes, la quarantaine, en plein retour de flamme, furent très émoustillées à la vue d'un « Frenchie ». Le genre de dragons féminins qui portent la culotte et terrorisent leur mari. L'une d'elles m'a dit, en français dans le texte : « Monsieur s'il vous plaît, baisez-moi tout de suite!» Je suis sorti immédiatement, préférant affronter le froid que leur flamme... Sans compter que certains États de l'Union déclarent comme anticonstitutionnelles et criminelles les pratiques «déviantes», à savoir: fellation et sodomie. Je me suis donc tenu coi, sans quoi le coït aurait pu mal tourner. Je n'aurais pas voulu finir en prison!

Le rêve américain ne se terminera ni à Hollywood ni en prison, mais par un petit film sans prétention qui verra le jour sous le titre assez comique, quand on connaît les circonstances, de *Moi, Tarzan*. Quant à François-Tarzan, il quittera les États-Unis à toutes jambes et repartira bien vite se ressourcer dans la seule jungle qui vaille, celle de Belleville, rue Sambre-et-Meuse.

*

François n'est pas découragé outre mesure par sa courte expérience américaine. Il travaille déjà en effet depuis quelques mois sur un autre projet, qui lui tient bien plus à cœur.

Il lit énormément, encore plus que d'habitude, Apollinaire par exemple, dont il me recopie dans une lettre les vers suivants:

J'ai soif villes de France et d'Europe et du monde
Venez toutes couler dans ma gorge profonde

Quand je suis de passage à Paris, je loge dans son capharnaüm de la rue Sambre-et-Meuse, et nous regardons les étoiles et nous parlons longtemps.

Il y a une seule fenêtre sur rue dans l'appartement de la rue Sambre-et-Meuse. François s'y perche, comme à son habitude, des nuits et des journées entières. Le jour, il observe le ballet des Chinois, des Africains noirs et des Kabyles, la nuit, il contemple les astres en enroulant à l'infini les volutes de ses cigarettes. S'il aime autant la constellation d'Orion, me dit-il un soir en pointant du doigt les trois points alignés dans le ciel, c'est que, proche de l'Équateur céleste, « elle est visible depuis les deux hémisphères ». Il reste longtemps au bord du vide : il dévisage la lune, il examine les étoiles, la nuit, haute devant nous. Il veut retrouver le secret des grandes communications et des grandes combustions.

Il est mûr pour l'Afrique.

*

Où suis-je ? Au bout du monde. Ce que je fais ? Rien. La torpeur est dans l'air et dans ma tête aussi. Quelques élans parfois. À peine.

De là où je t'écris au premier village, il y a trois kilomètres. Pas d'électricité. Et le soir, après y avoir dîné, je rentre au campement me coucher à la lueur d'une lampe-tempête et de la lune, désormais, qui a fait son apparition il y a deux jours.

Je ne sais pas si je rentrerai un jour, mais ne t'inquiète pas trop pour moi. Je t'embrasse fort.

La carte postale en couleurs représente une photo de femme africaine dans un boubou rose en train de piler du mil. Elle est postée de Rufisque, Sénégal, le 20 mai 1997. C'est une carte de format normal aux contours dentelés. Par une échancrure, on aperçoit la courbe d'un sein.

Cette carte résume pour moi de manière exemplaire l'expérience africaine de François. À la fois tâtonnante et exaltée, vaguement inquiète, égarée et émerveillée. Avec l'Afrique, c'est allé très vite, très loin et très fort.

En 1995, François a pris le chemin du Sénégal pour la première fois. En quelques mois, il y a noué des relations très profondes, passionnelles. À Dakar, à Rufisque, à Thiès, à Diourbel, à Touba, François retrouve enfin le dépaysement dont il avait fait l'expérience pour la première fois au Japon, mais sous une forme plus rapide, plus régulière et plus radicale. Le Sénégal pour lui, c'est d'abord un climat, une ambiance, qu'il me décrit dans une de ses premières lettres :

À la plage. Noire de monde les dimanches d'été. Rien à voir avec nos plages et nos touristes. Ici, personne n'est couché, personne ne se fait bronzer. La plage est investie verticalement, arpentée par une foule compacte. Champs-Élysées de sable que l'on monte et que l'on redescend. Ici on prépare le thé dans un creux à l'abri du vent, là on lutte sénégalaisement, le corps recouvert de sable. Les cris et les éclats de voix se mêlent à la rumeur de la mer, au dense trafic des vagues.

Ce sont aussi des mouvements et des bruits, qui vont marquer François pour la vie, comme le passage des voitures dans leur charivari polyphone : « Plainte de Doppler, cliquetis de boulons dévissés, tam-tam de tôles branlantes, sifflement de la gomme arrachée. » François est littéralement *secoué* par le Sénégal.

Évidemment, bientôt, une femme survient. Une jeune femme et un port de tête. Son regard est « hautain, légèrement méprisant ». C'est un regard habitué aux immensités planes, qui porte loin. Une femme et une allure aussi, une cambrure : « Peut-être la cambrure de ses reins est-elle héritée de ces marches répétées de génération en génération, en longues files caravanières dans les sols sablonneux… » François en perd la tête. Il le dit lui-même, il « divague ». L'amour, la mort, le sexe, l'argent, tout vient le frapper très fort au plexus et lui traverse le corps. Très vite, le monde entier va s'organiser autour de cette silhouette, il ne palpite plus qu'autour de cette faille. Alors, les dés sont jetés, le sortilège est lancé, *liggéey xelam*, les chevaux sont lâchés. L'univers entier est assujetti à ce pas plein de noblesse, à cette encolure élégante et provocante à la fois : « Le monde se cale sur son allure. Je gravite autour de "ça" depuis des mois. Un point aveugle sur lequel je m'épuise. »

Dernière lettre d'Afrique, après la rupture, très belle, presque apaisée, avec ce calme qui ne peut surgir que dans le prolongement d'un grand désastre :

Un visage et une silhouette me reviennent, mais les détails s'estompent.

Épurée, élégante, légère, souple. Un grain de voix aussi, clair, qui claque, roule, percute.

Peut-être l'ai-je rêvée. En émettant cette hypothèse, ma gorge se noue. Mais comment douterais-je du pouvoir de persuasion des rêves ?

Il me semble qu'elle était très belle. C'est fini.

Je crois que je reviens d'Afrique.

*

Le Sénégal a été très important dans la vie de François. Il en rapporte des blessures, une vision du monde et des rapports humains plus fragile et en même temps plus acérée. Il s'y débarrasse, avec douleur et difficulté, d'une certaine tendance à ne voir le monde que de son propre point de vue d'Européen blanc et relativement aisé. Il en rapporte surtout deux films, *Facteur Toubab* et *Vacances au Sénégal*, qui forment un diptyque révélateur de ses doutes, de ses mésaventures, mais aussi de son altruisme et de son ouverture.

Pendant plusieurs années, François fera le passeur entre la France et le Sénégal : pour notre ami Yelli, robuste gaillard, travailleur clandestin en Italie, pour sa sœur Sarah, pour sa femme Edmée restée au pays, pour toute la famille Gningue. Il voyage et compose pour eux des « lettres filmées », qui circulent entre la plaine du Pô et l'océan Atlantique. Le projet, initialement intitulé « Ce qui me lie », est de donner des nouvelles filmées aux uns et aux autres, renouant ainsi des liens distendus par l'éloignement géographique, mais aussi par la disjonction des modes de vie, ce lent isolement sans retour que connaissent tous les exilés. Il écrit : « Derrière la caméra, je témoigne de cette séparation aux multiples visages. Je suis un messager qui essaye de combler cet écart et je prends conscience d'approcher au plus près ce qui me semble essentiel dans l'acte de filmer : relier ce qui est séparé. »

François a grandi dans la France des années 1980, une France qui, de plus en plus, penche vers le nationalisme et la xénophobie : pendant toute sa jeunesse, il a vu l'extrême droite grignoter régulièrement le tissu français. Il a vingt ans quand le Front national, à la faveur de l'instauration du scrutin proportionnel, s'installe en masse sur les bancs de l'Assemblée nationale (trente-quatre élus), et que recommence à se répandre le mythe d'un « pays de race blanche », où un Noir présentant le journal du soir à la télévision fait encore figure d'événement exceptionnel. Il est l'exact contemporain du recul du pluriel dans la mémoire collective républicaine, alors que la France a été l'un des tout premiers pays d'immigration au monde et qu'elle avait su, mieux qu'aucun autre peut-être, en tirer parti. Avec le

Sénégal, et par une pratique qui ne relève pas seulement du domaine du savoir mais s'arrime à une expérience personnelle forte, il trouve enfin le moyen de s'échapper d'une certaine manière de penser, encore en vigueur aujourd'hui, qui se centre uniquement sur l'Hexagone, en bradant – ou en ignorant – l'histoire plurielle de la France contre l'imposture d'une homogénéité constitutive.

Vers la fin de *Facteur Toubab*, il a cette déclaration magnifique, si française et si sénégalaise à la fois, une apologie de la liberté et de la solidarité à l'infini enchevêtrées : « Plus rien ne m'encombre. Ne me reste que la force des liens que j'ai tissés ici et que rien ne pourra défaire. »

TROISIÈME PARTIE

BREAKING THE WAVES

1

BAHIA

Les trois années suivantes sont des années fastes pour François. Après l'expérience de l'Afrique, dure mais instructive, il prend le virage du XXIe siècle en relevant la tête, les yeux rivés vers le ciel.

L'éclipse solaire du 11 août 1999 est le dernier grand événement européen du XXe siècle. François le sait, qui a toujours la tête dans les étoiles.

« Une éclipse totale du Soleil ! Tu te rends compte ? (je m'en rends d'autant mieux compte qu'il m'en parle régulièrement depuis deux ans). Ce sera la dernière du XXe siècle… Et même, la dernière du millénaire ! »

François s'embrase, François s'enflamme, François s'enfièvre. Il ne faut pas rater ça !

« Elle sera très courte, un quart d'heure au total sur l'ensemble de la France. Il faut se préparer… La prochaine aura lieu en 2081, c'est maintenant ou jamais. »

La naissance de l'euro ? Le forum de Davos ? La réunion du G7 ? Peccadilles que tout cela. De l'accessoire, de l'adventice ! L'écume des choses, de l'épisodique… Le grand cycle cosmique : voilà l'aventure ! À peine s'il consent à s'émouvoir de la mort de Stanley Kubrick, quelques mois plus tôt, un de ses cinéastes préférés pourtant… François a toujours eu le sens des priorités, donc celui de la nature. Sur les galaxies, c'est un puits de science. Depuis sa chambre de la rue Sambre-et-Meuse, perché à la fenêtre, un livre dans une main et une cigarette dans l'autre, il appelle à lui tous les Grecs de tous les temps :

« Il y a une éclipse totale de Soleil dans l'*Odyssée*, à un moment stratégique : quand Ulysse est de retour à Ithaque. Il y a de tout chez Homère : des vents, du tonnerre, de la foudre et des tremblements de terre… Mais l'éclipse, c'est spécial : elle annonce toujours quelque chose. Certains disent qu'elle est néfaste, je pense qu'elle est bénéfique. Dans l'*Odyssée*, c'est la revanche d'Ulysse et le massacre des courtisans. Chez Hérodote, c'est un signe positif : une éclipse totale de Soleil a lieu pendant la guerre des Lydiens et des Mèdes. Les deux peuples ennemis, quand ils voient que le jour se transforme en nuit, pensent que les dieux exigent la fin du combat : ils cessent de combattre et ils concluent la paix ! »

François prépare la grande éclipse avec une minutie admirable. Il étudie la trajectoire annoncée par les scientifiques, analyse le relief pour trouver le meilleur emplacement possible, guette les prévisions météorologiques.

« Les Grecs avaient un concept du temps tout à fait étonnant : le *kairos*. Le *kairos*, c'est l'occasion, l'instant T. Ou plutôt l'instant I : l'instant de l'instant, l'instant où l'instant devient instant, instantanément. Le point, la minute, la seconde ! La virgule entre deux phrases, la nanoseconde ! »

Il pense à tout, il planifie, il programme. Nous louons une voiture plusieurs mois à l'avance, trouvons une clairière aux alentours de Compiègne, un espace ouvert où l'on pourra installer le télescope et s'allonger dans l'herbe pour regarder le passage de la nuit.

« Il faudra penser à se munir de bonnes lunettes. Les lunettes de soleil classiques ne suffisent pas. *Eyes wide open !* Si la visibilité est bonne, si le *kairos* est avec nous, le Soleil deviendra noir, et à ce moment on verra tout. Tout sera illuminé de noir ! Le Soleil devrait être encadré de deux étoiles : Mercure et Vénus. Encore un signe positif : les voyages et l'amour ! »

Le matin du 11 août, très tôt, en route vers la clairière au nord de Compiègne, visitée deux fois lors des mois précédents, une fois sur la carte de l'Institut national de l'information géographique et forestière achetée pour l'occasion, et une seconde fois en voiture pendant un week-end de repérage. François allume la radio. La première annonce le remplit d'aise : les services météorologiques indiquent des conditions optimales à cet endroit précis du territoire français, bien plus propices à l'observation que dans d'autres régions. Nous sommes dans l'un des meilleurs endroits de France pour l'éclipse, nous avons bien préparé notre coup.

Arrêt sur le bas-côté d'une belle route de campagne, bordée d'un massif forestier majestueux : des hêtres, des ifs, des chênes rouvres, des tilleuls à petites feuilles en forme de cœur, finement dentées, des charmes et des châtaigniers. Nous suivons quelques minutes un sentier ombragé puis débouchons dans la petite clairière ronde, en forme de couronne, un cercle quasi parfait.

François a chaussé ses lunettes de protection, mais je le sens inquiet. Les nuages sont nombreux en effet au-dessus de nous. Ils s'accumulent depuis ce matin. Quelquefois, le vent les disperse mais ils reviennent, toujours plus musculeux. François renifle, se lève, allume une nouvelle cigarette, vérifie la mise au point du télescope (sourcils froncés, puis relevés), et se rallonge à mon côté, peu rassuré. Des bandes d'ombre courent sur le sol.

L'éclipse est une caravane de nuit, une bande d'obscurité très étroite : elle fait seulement une centaine de kilomètres de large, et doit passer sur la France à toute vitesse, en moins d'un quart d'heure. Vitesse de l'ombre… Nous l'attendons.

Miracle : un peu avant midi, la couverture nuageuse se déchire, les conditions deviennent idéales, je vois François de moins en moins anxieux, de plus en plus calme. Soudain, c'est l'éclipse : elle arrive dans un étrange mélange de vélocité et de densité, on dirait une boule noire qui roule et qui progresse au moment même où elle disparaît, c'est l'éclipse. *Dans l'instant,* c'est une grande paix sur la Terre. La luminosité décroît, les animaux croient que c'est le soir, ils se couchent sur la prairie. La température baisse, un vent frais se lève en plein cœur de l'été. Les oiseaux, soudain très calmes, cessent de chanter. Disparition totale du disque. Silence parfait. Nous ne respirons plus. Le Soleil se couvre d'un noir d'encre et devient une perle noire. Alors, une par une, les étoiles apparaissent, comme des clous d'or piqués dans le rideau de cette nuit soudaine, précaire autant que précieuse, impromptue.

Et, comme François l'avait prévu, Vénus est visible au côté du Soleil. Nous ne le savons pas encore, mais c'est un heureux présage.

*

Cette année-là en effet, il survint un autre miracle : celui-ci s'appelle Sylvia. Ils se sont mis ensemble quelques mois avant l'éclipse. François a trente-trois ans, elle en a trente-trois aussi, c'est l'accord parfait. Ils se pénètrent, ils s'enchantent, ils s'éblouissent. Concordance des temps, des humeurs, des envies, du désir : les deux astres convergent, leur union est comme une évidence, qui s'impose très simplement. Ils se marient rapidement. Jérôme et moi sommes les témoins de mariage de François : nous avons mis notre plus belle cravate et nous signons le registre d'une main fière.

La célébration a lieu le 15 septembre 2001, sur un bateau parisien. Avec François, nous avons visité de nombreux lieux : hôtel particulier (trop cher), pavillon de chasse (trop guerrier), dernier étage d'établissement hôtelier (trop snob), château de province désaffecté (trop loin), galerie d'art contemporain (trop branché)… Pour finir, le choix s'est porté sur un bateau, amarré en face de la Bibliothèque nationale. À l'abordage !

Polka dans la nuit. Dans la zone de lumière jaune, silhouettes claires, silhouettes sombres. Les nuages s'allongent dans le ciel violet et, sur les quais de la Seine, des gens passent dans l'ombre, le long des peupliers. On largue les amarres… La musique scintille, on mange une épaule d'agneau confite au thym, le vin coule à flots et certains murmurent même qu'on a vu circuler quelques branches de la fameuse Perle noire revenue d'Afghanistan.

*

Mais ce n'est pas tout. Lorsqu'il s'emballe ainsi, l'amour est irrésistible. Un peu plus d'un an après, troisième miracle. Une nouvelle étoile fait son apparition. Elle portera le nom d'un État brésilien, d'un carnaval jubilatoire et d'un album de John Coltrane : Bahia.

On pourrait décrire l'amour, le vrai, comme un arrêt sur image. C'est-à-dire, *à la lettre*, que le film s'arrête. « Tout le cinéma » comme on dit, la pellicule des apparences, le grand cirque des relations sociales, la comédie des rapports humains. La fable des généalogies et des appartenances, le grand écran des bons sentiments, la bande-son des bavardages et des boniments, le clip convenu de la réussite professionnelle. Et tout autant : le court-métrage frénétique des aventures pornographiques, le long-métrage assommant des mariages de raison, le drame fantastique des intrigues adultères, le road movie des contacts sexuels occasionnels, la série B des crises existentielles, la série Z de la dépendance affective, le film catastrophe des jalousies possessives, le film d'horreur des violences conjugales, le mélodrame des liens familiaux, tout cela couvert jour et nuit par le film d'espionnage systématique des réseaux sociaux. En bref, la superproduction bien-pensante des règles et des lois (union libre scénarisée, vivre-ensemble oscarisé), le script du spectacle dans toute son horreur : un système d'écriture simpliste et homologué, obligataire, *tarifé*.

L'amour : tout à coup une clairière, une percée, une échappée. Le système fuit par les bords, se vide en son centre, s'effondre sur les côtés. Son tsunami dévastateur, parfaitement organisé, se déchiquette sur des instants gratuits, ingérables, des gestes simples et parfaits – donner, recevoir, échanger un baiser. L'histoire d'amour est inclassable dans le grand catalogue des relations sentimentales parce que justement elle n'est pas un film. C'est un roman. Elle ne rentre pas dans le cadre, il lui faut l'infini des pages pour se déployer.

*

Je me souviens de Bahia.

Bahia, la fille de Sylvia et de François, est née le 20 novembre 2002. Elle ressemble à son père, mais aussi à sa mère. Elle ressemble surtout à Bahia.

L'État de Bahia est nommé d'après la baie de Tous-les-Saints, au Brésil : c'est la plus grande baie du monde, après le golfe du Bengale. Le petit corps qui surgit du ventre de sa mère et se trouve aussitôt emmailloté de linges semble être remonté à la surface de cet immense volume d'eau et en rapporte au passage un sourire de sirène. Bahia est une baie, une échancrure dans le tissu des jours, elle illumine et transforme tout alentour. C'est d'abord une petite crique, timide, incurvée, repliée. Puis, peu à peu elle se transforme, une anse, un golfe : elle grandit, elle s'approfondit rapidement. Un jour, elle ira se glisser pour finir dans l'océan.

Elle a les cheveux fins et clairs, qui tirent sur le blond avec des veines dorées, et deux châtaignes vives à la place des yeux. Son visage est finement modelé, d'un teint très pur. La peau est pâle comme du cristal, avec quelques traces de rouge, la bouche exquise, couleur cerise. Son sourire est piquant, presque acidulé, mais son regard est très doux, comme s'il allait toujours sortir de cette enfant une fleur ou un bonbon.

Bahia peut être patiente et impatiente, elle est toujours bienveillante. Réservée et en même temps audacieuse. Elle prend son temps, peut mettre une heure à enfiler ses chaussures, ne marche jamais très vite, fait des roulades au ralenti dans le sable doré de l'île de Ré.

En même temps, Bahia est fonceuse, elle est courageuse. Elle essaie tout et chaque fois s'applique à bien faire avec une fierté presque rageuse. La danse, le piano, le vélo : tout ce qui nécessite de l'équilibre et de la grâce l'intéresse. Cent fois sur la bicyclette, elle tombe mais remonte en selle. Elle s'accroche. Elle y arrivera.

Cet appétit de vivre est aussi une soif de science. Bahia veut tout voir, tout savoir. Quand vous faites quelque chose, elle vient voir. Vous pouvez cuisiner, planter un clou, tailler un rosier, lire un livre ou bien simplement vous reposer, elle arrive toujours pour vous observer.

Bahia est curieuse, dévoreuse. Quand elle pose une question, il faut lui répondre. Et elle ne pose pas seulement une question, mais toute une batterie de questions. C'est un canon à interpellations, une artillerie de points d'interrogation. Si vous ne lui répondez pas vite et précisément, elle passe à la deuxième phase : invasion de votre espace vital, querelles, menaces charmantes, rappels, investigations... Le tout en fronçant les sourcils comme son père, ce qui lui donne un air tout à fait mignon. Lorsqu'elle cesse de parler, ses yeux se fixent sur vous et ne bougent plus en attendant la réponse, en même temps qu'elle tient sa lèvre un peu mordue.

*

Bahia est une baie, une étendue de mer presque entièrement entourée de terres : son père, sa mère, ses amis, les « grands ». Mais c'est aussi un abri pour ses parents. À cette « beauté complète qui eût fait chanter Pétrarque et s'agenouiller Dante », comme dit François avec son sens inné de la mesure (et de la modestie), il faut un amour complet. Elle l'a eu.

Je me souviens de deux scènes, vécues à quelques années de distance et sur des continents différents, mais qui se font écho. Ce sont des scènes très simples, mais très *profondes*. Dans la première, il y a un lit, plongé dans la pénombre. Ce doit être dans l'appartement de la villa Albert-Robida, près des Buttes-Chaumont, où François et Sylvia ont emménagé afin d'avoir de l'espace pour élever leur enfant. Bahia doit avoir trois ans, elle dort profondément. François la regarde depuis le seuil de la chambre, je l'observe à la dérobée. La fenêtre est ouverte, une brise d'été s'engouffre, un peu fraîche, et fait voleter les rideaux. Bahia est en chemise de nuit, le drap rejeté. François entre et se dirige vers la fenêtre, il en attrape les battants, qu'il ferme sans faire de bruit, précautionneusement. Puis se tourne vers sa fille. Il s'approche et se penche pour ajuster le drap sur Bahia endormie. Elle dort profondément, mais comme si elle pouvait l'entendre, il murmure : « Ce que je peux t'aimer, toi. » Puis il l'embrasse.

L'autre scène se déroule à Tokyo, lors de son deuxième séjour. François dort à la maison, dans la pièce du haut, sur les tatamis. Je monte l'escalier pour lui donner une bouteille d'eau et je le vois entre les parois coulissantes, qui ne sont pas bien refermées. Il a apporté avec lui un petit médaillon de métal, dans lequel est sertie une photo de Bahia. Ses mains portent le cadre à sa bouche et il esquisse un baiser. Puis, après avoir regardé une dernière fois le portrait, il referme le médaillon et le repose dans sa valise. Mais avant de fermer la valise, une fois le médaillon rangé, il en effleure tendrement les bords. Un courant magnétique traverse la pièce, une électricité très douce : c'est un geste simple et beau, *aimant*.

*

Mourir à onze ans. Bahia a laissé dans son sillage une nuée d'impressions tendres et une douleur presque indicible. C'est comme si tout avait été brûlé au fer rouge, puis était devenu noir, calciné, carbonisé.

Pour elle, après sa mort, Jérôme et Isabelle planteront un liquidambar dans la cour de leur maison, au Chambon-sur-Lignon : « Parce qu'il fallait un bel arbre rare à cette petite fille qui savait déjà s'amuser des mots compliqués. »

Le liquidambar est un arbre de la famille des hamamélidacées, qui vient de Chine. C'est un arbre dense : il pousse très droit et peut monter très haut. Ses fruits sont des capsules brunes, ses fleurs de grandes cosses vert et jaune. Son bois est couleur de satin. Ses feuilles sont palmées et dégagent une bonne odeur de résine. La résine est utilisée contre les abcès et les brûlures, pour soulager les douleurs dentaires ou améliorer la circulation du sang. On s'en sert aussi pour parfumer les savons, mais c'est surtout un baume qu'on pose sur les blessures. Les Chinois emploient les feuilles et les racines contre le cancer, l'écorce contre les maladies de la peau, les fruits dans le traitement de l'arthrose et du lumbago.

Chaque fois que je vois un de ces arbres lors de mes voyages dans le Sichuan ou à Taïwan, je pense tout de suite à Bahia, puis à Sylvia, la survivante, et j'adresse une prière muette au grand liquidambar. J'ai confiance. C'est un arbre très résistant. Un ami chinois m'a dit que c'est une des premières espèces à réapparaître après les feux de forêt.

2
QUERELLE

Depuis sa sortie de l'école de cinéma, François multiplie les documentaires : il en a tourné huit. Il rêve maintenant d'une œuvre plus ambitieuse : un long-métrage de fiction.

Il existe au Japon une maison où les artistes peuvent poser leurs bagages pour quelques mois et se livrer à leur art de la manière la plus tranquille possible : elle se trouve au bout d'une route qui serpente à flanc de montagne parmi des bosquets de bambous nains, au cœur d'une des plus belles villes du monde, Kyoto. La Villa Kujoyama fonctionne sur le modèle de la Villa Médicis à Rome et de la Casa de Velázquez à Madrid : c'est la seule résidence de création française en Asie. L'endroit idéal pour le projet que nous avons imaginé.

Travailler ensemble. Depuis les années de jeunesse au Lycée Lakanal, ce projet nous avait plusieurs fois traversé l'esprit, François et moi. Vingt ans plus tard, cette collaboration se présentait de plus en plus comme une évidence. Elle était pleine de promesses. Mais la vie est étrange, elle ne se laisse jamais mener. Cette coopération fut un désastre complet et la seule entaille, profonde et durable, à notre amitié.

*

Le projet, qui s'appellera successivement *Le Chat de Schrödinger*, *Le Chat d'Uehara* et, pour finir, *Dans l'œil du chat*, est assez simple. J'ai retrouvé dans mes papiers le synopsis que nous avions écrit ensemble :

*Notre héros s'appelle Albert. C'est un jeune scientifique français prometteur, un théoricien de la physique. Il est invité au Japon pour participer à des recherches d'une grande importance à Super-Kamiokande. C'est ici qu'à la fin du XX*e *siècle, l'équipe du professeur Koshiba a réussi à détecter les neutrinos, ces particules élémentaires dont on ne connaît pas la composition, et surtout à calculer leur masse, qui était jusqu'alors considérée comme nulle. Des travaux qui lui valurent le prix Nobel de physique en 2002. Mais les résultats suggèrent des modifications théoriques du « modèle standard », cette description des lois fondamentales de l'univers. Avec d'autres théoriciens venus du monde entier, Albert va exploiter les données du centre de recherche. De leurs réflexions pourraient émerger une meilleure connaissance des lois régissant l'univers et peut-être même une vision plus précise de son avenir. Va-t-il s'étendre et se refroidir indéfiniment ou, au contraire, finir par se rétracter ?*

Mais un événement va fortement perturber le travail d'Albert. Jusque-là complètement absorbé par ses recherches, il se perd lors d'une promenade dans les rues de Tokyo et tombe instantanément amoureux d'une inconnue qu'il croise sur les trottoirs roulants du quartier d'Ebisu. Accompagné d'un chat noir qui prend un malin plaisir à venir ronronner sur ses équations, il décide de la retrouver et son séjour dévie alors vers une toute nouvelle direction…

Enfin, Albert découvrira la vérité sur la jeune femme lors d'un périple vers le nord. Le temps a passé. C'est l'hiver. Pour délivrer le résultat de ses recherches, Albert doit se rendre pour la première fois sur le site de Super-Kamiokande. Il n'a pas retrouvé la mystérieuse silhouette et son séjour s'achève. Plusieurs fois il a cru toucher au but, mais comme ces particules élémentaires qui défient les lois de la localisation, elle s'est toujours dérobée. La rudesse des paysages et du climat fait de ce voyage à travers les neiges une véritable odyssée. Au bout d'un chemin semé d'embûches et de rencontres, Albert entrevoit le lien entre sa quête amoureuse, son voyage physique et ses recherches théoriques. Est-il au bord d'accéder à cette « unique présence durable qui est celle où s'évanouit la distinction entre le sens et l'absence de sens » ?

*

Comme on le voit, le projet que nous avions préparé repose sur trois lignes directrices. Un lieu, extraordinaire et méconnu : le centre de recherche de Super-Kamiokande.

Une discipline, difficile mais passionnante : la physique des particules. Et un sentiment qui, comme on le sait, n'a jamais connu de loi : l'amour.

J'ai trouvé le site de Super-Kamiokande lors d'un voyage en hiver dans la région de Gifu, au centre de la plus grande île du Japon, et j'en ai immédiatement parlé à François. Situé à deux cents kilomètres au nord de Tokyo, dans une région montagneuse et très souvent enneigée, ce centre de recherche est un endroit étonnant : à mille mètres sous terre, une mine désaffectée a été transformée en une vaste cavité cylindrique, dans laquelle a été aménagé un réservoir rempli de cinquante mille tonnes d'eau pure, tapissé de dix mille tubes multiplicateurs de photoélectrons, semblables à des miroirs sphériques, qui traquent la désintégration du proton.

C'est un lieu d'une beauté irréelle. Imaginez un cylindre de quarante mètres de haut et quarante mètres de large, rempli d'eau pure. L'eau pure est de l'eau qui n'est jamais entrée en contact avec aucune autre substance. Ni bactéries ni minéraux : juste la formule brute de l'eau, H_2O. Elle n'existe pratiquement pas à l'état naturel, on la produit le plus souvent par distillation ou un système d'osmose inverse, qui ne laisse passer que les molécules d'eau. Le nutriment le plus essentiel à la vie, ni altéré ni pollué. Elle est légèrement bleue, mais elle est si transparente que cette couleur n'est perceptible qu'à partir de plusieurs mètres d'épaisseur. Tout autour de ce grand réservoir bleuté, les tubes photomultiplicateurs sont accrochés aux parois comme des coquillages sur un rocher. Les feux du plafond leur donnent une belle couleur dorée, où percent parfois quelques lueurs fauves. On parle bas, on entend des bruits d'ablution et des voix psalmodier. Les scientifiques et les ouvriers se promènent en barque et à la pagaie comme des pêcheurs préhistoriques, au milieu de cet étang semé de capteurs à l'écoute de l'univers tout entier.

Le Japon nous intéresse aussi parce qu'il nous permet d'introduire un point de vue *décalé*. Très souvent, les discours sur la science – et les questions philosophiques qu'ils soulèvent ou dont ils sont porteurs – émanent en effet d'auteurs occidentaux imprégnés, pour le dire un peu vite, des valeurs et des récits fondateurs de la civilisation judéo-chrétienne. C'est particulièrement flagrant dès que la science rejoint les grandes questions métaphysiques. Le *Fiat lux* et le big bang par exemple ont un indéniable petit air de parenté. On évoque alors volontiers la « genèse » de l'univers, l'explosion de « lumière » initiale, etc. Mais qu'en est-il d'un physicien chinois, arabe, syrien ou japonais ? Retrouve-t-on sous cette forme ou une autre les débats épistémologiques qui agitent les scientifiques occidentaux ? Vouloir raconter cette histoire depuis le Japon, c'est déplacer *sciemment* le point de vue, c'est faire entendre une voix moins familière mais peut-être plus pointue, et jouer à la fois de la confrontation et des échos entre les cultures. Au contact des physiciens japonais, le personnage principal découvre un autre rapport à la science, aux questions qu'elle engendre et qui la dépassent.

Quant à l'amour, le troisième axe du projet – mais qui en est en même temps le point charnière –, il est représenté par ce personnage féminin à peine entrevu : la belle inconnue. En mathématiques, on le sait, l'inconnue est la variable à déterminer pour connaître la solution d'un problème. Encore un continent à explorer !

« Dans la nouvelle science, chaque chose vient à son tour, telle est son excellence. » Particules fantômes, rencontres, déplacements aléatoires… En avril 2005, le projet *Dans l'œil du chat* est sélectionné pour la Villa Kujoyama.

*

Pourtant, lors de ce second séjour de François au Japon commencé sous les meilleurs auspices, rien ne va se passer comme prévu. Très vite, les convictions et les certitudes s'effritent, puis s'effondrent.

Comment se manifeste la brouille ? Ce peut être une parole, un geste, un coup d'œil. Un silence parfois. C'est une fêlure indécelable, venant de nulle part mais qui envahit tout. En même temps, il y a une logique profonde dans la brouille. Chacun s'engage dans un chemin où l'autre ne veut pas ou ne peut pas aller.

Elle est étrange, la cloison qui sépare les amis lors d'une brouille : c'est une vitre impalpable et résistante, tout se brise contre ce verre. Peu à peu, mais sûrement, cette vitre nous sépare, elle *gauchit* les relations, dévie les comportements, empoisonne les sentiments.

La brouille. Comme son nom l'indique, c'est un brouillard, une confusion, une nuée. Une foule imperceptible de détails anodins et isolés, qui finissent par se regrouper et même par coaguler. Et puis, un beau matin, l'inimaginable est arrivé.

Alors, une question se lève, que tout le monde se pose mais à laquelle personne ne peut vraiment répondre, car si l'on savait y répondre, la brouille ne se serait pas installée : que s'est-il passé ?

*

Le deuxième voyage de François au Japon est l'exact reflet inversé du premier. Le premier avait été un miracle, une sorte de parenthèse flottante et suspendue dans la douceur légère du printemps et le parfum des cerisiers. Le second se révèle vite un enfer, dans la fournaise moite de l'été, au milieu des singes et des sangliers.

En fait, je n'ai jamais bien compris ce qui s'était passé dans sa tête à ce moment-là. La seule chose que je puisse faire, c'est essayer de reconstituer, à partir de ses propres mots, le déroulé des événements. Seul à Kyoto, séparé de sa famille et de son environnement coutumier, c'est comme s'il n'arrivait plus à se repérer dans le chaos des sensations, des réflexions, des observations, des impulsions que le monde environnant et son imagination suscitent en lui. Le Japon lui échappe, et le film. C'est l'envers de l'éclipse, une négativité qui n'est ni radieuse ni solaire, une épiphanie manquée.

Au début, ce n'est rien, juste le constat d'une difficulté à commencer : « J'ai besoin d'un long temps d'adaptation et d'imprégnation, m'écrit-il, avant de sentir que quelque chose enfin devient nécessaire, évident et que le film pointe le bout de son nez. » Puis, peu à peu, le mince malentendu initial s'agrandit, notre collaboration foisonnante se tarit. Il est de plus en plus sourd à ce que j'essaie de lui dire, je suis de plus en plus aveugle à ce qu'il veut me montrer. Nous voici *contrariés*. Je suis de plus en plus irrité, il est de plus en plus inquiet. Tout à coup, quelque chose grippe, bloque, s'arrête. Nous ne sommes plus dans le même temps.

Bientôt, sa part nocturne se réveille, elle ne le lâche pas. La nuit, il a des palpitations : diastole, systole, il s'ouvre et se ferme de plus en plus vite, puis se reprend, étrangement calme alors et lucide sur son état : « Il faut être indulgent et pardonner mon tempérament velléitaire, comme mes procrastinations qui auront toujours raison de moi ! » Je comprends alors toute la force qu'il lui a fallu pour faire

Thierry, portrait d'un absent, et pourquoi ce film semble encore aujourd'hui, malgré son sujet douloureux et son dénouement impitoyable, se dégager victorieusement d'un fond de doute et de nuit.

De part et d'autre de l'amitié, des deux côtés de la rive, à Kyoto et à Tokyo, s'élabore un montage parallèle. Chacun veut faire le film à sa façon, à son propre rythme et dans sa propre mesure. Rhapsodie en juillet : on se déchire sur fond de calendrier. Tout apparaît incertain, *fondu* comme de la neige. C'est la définition du fondu au cinéma : un objet est remplacé graduellement par un autre. Un sentiment – l'amitié – est progressivement et presque insensiblement remplacé par un autre – la défiance. Renversement dans l'ordre des plans : les épisodes ne s'enchaînent plus comme prévu. Très vite, les signes de mésentente se multiplient, le film prend des allures de défaite, et même de reddition. Le dénouement est fatal.

*

Aucun raisonnement ne peut jamais nous assurer de l'effectivité d'une amitié. On ne se brouille vraiment qu'avec ses amis, c'est bien connu. Ce qui caractérise l'amitié, c'est qu'elle peut être rompue à tout moment. C'est le lien le plus fragile, le plus ténu – et en même temps, parce qu'il engage justement un positionnement *interne* de tous les instants, c'est aussi le plus puissant.

À ce moment, je sens le danger de manière extraordinairement précise. Que vais-je faire ? C'est Montaigne, dans sa grande sagesse, qui va me donner la clef. Dans une sublime phrase des *Essais*, il met en garde contre le subit retournement de l'amitié en son contraire : « Comme des grandes amitiés naissent des grandes inimitiés ; des santés vigoureuses, les mortelles maladies ; il n'y a qu'un demi-tour de cheville à passer de l'un à l'autre. »

Je n'ai pas envie que ce film devienne un long regret partagé et que notre amitié, tournant en quelque sorte sur elle-même, vire à une certaine forme de rancœur ou même de détestation. Au lieu d'attendre que l'amitié fasse un « demi-tour de cheville » et se change en quelque forme de rancune, j'ai préféré tourner les talons. Quatre semaines après l'arrivée de François à la Villa, j'abandonne définitivement le projet de *L'Œil du chat*.

*

François attend sur la terrasse. Il fume, énervé. Il s'assied sur la chaise. Il porte sa cigarette aux lèvres. Il a de la fumée dans les yeux et il fait la grimace. Il se lève. On ne voit plus que son buste et le haut de ses jambes. Il reste planté là sans trop savoir quoi faire.

Soudain, une ombre couvre rapidement son visage, qu'il tourne alors vers la porte à gauche, en clignant des yeux. Il laisse tomber son bras. Comme un blessé qui serait las de sa perfusion. L'air triste, il regarde en l'air, secoue la tête, baisse les yeux. Il balance sa main droite, et on ne sait pas si c'est pour faire tomber la cendre de sa cigarette ou dans un geste de fatalité. Les deux peut-être.

Puis, François regarde rageusement vers la porte à gauche. Le rideau sombre de la fenêtre est tiré, laissant voir les immeubles dehors, derrière la vitre, à l'arrière-plan. Les lumières finissent par s'éteindre complètement. Je ferme les deux battants de la porte vitrée.

Maintenant, le salon tout entier est plongé dans l'obscurité.

*

J'ai longtemps pensé aux raisons pour lesquelles le projet que nous avions mis en place ne s'est jamais réalisé et s'est finalement soldé par deux grandes années de querelle, puis de silence. Les réponses sont multiples : les difficultés inhérentes au projet lui-même, mon intransigeance excessive qui était le miroir inversé de ses atermoiements, sans oublier nos deux individualités bien trempées, dont nous pensions qu'elles se combineraient mais qui en vinrent à se combattre.

Mais il y a aussi autre chose, de plus profond : d'abord la nature même des relations entre l'image et les mots, c'est-à-dire, au fond, entre le cinéma et la littérature. Le cinéma se nourrit des mots, il les dévore. Le scénario d'un film n'existe pas. Ou plutôt il n'existe que pour être impitoyablement mis en images et englouti, définitivement *abîmé* dans le surgissement de la représentation cinématographique. Coauteurs à part entière du projet, François et moi nous étions mis d'accord sur le fait que nous en serions tous deux les réalisateurs, mais il avait trop d'expérience en matière de cinéma et moi-même trop d'amour pour la littérature pour que nos rôles à un moment ne se figent et ne rejouent, une nouvelle fois, le vieil antagonisme des films et des livres. Nous rêvions d'une chose impossible, peut-être. Un livre-film, dans le temps limité d'un été, une *floraison*.

Enfin, il y a une donnée à laquelle nous n'avions pas pensé, et qui concerne l'amitié elle-même. L'amitié ne se nourrit pas de fusion : elle s'élabore dans la distance. Contrairement à la vision convenue d'une force irrésistible, bien boulonnée et définitivement verrouillée, l'amitié est une certaine relation réglée et fragile. Même si elle peut parfois en revêtir les atours, l'amitié n'est ni une association, ni une coopération. C'est pourquoi travailler avec un ami est la chose la plus difficile au monde.

Maintenant, plus de dix ans après, je peux essayer de faire la part des choses. Sur la blancheur calme du papier, je fais ce que je pense qu'il aurait fait : je coupe en deux la pomme de la discorde – torts *partagés* – et en écrivant ce livre, je redonne le mot final à l'amitié.

*

Mais c'est à François qu'il faut laisser le dernier mot. Deux ans plus tard, dans une lettre sensible et pudique, à son image, il m'écrit :

Je voulais te faire un petit signe. Parce que notre brouille me pèse.

La vie continue, certes, et des deuils, on en fait tous les jours. Mais quand il est de notre ressort de pouvoir réparer ce qui s'est cassé… ? J'ai décidé pour ma part de faire table rase de mes reproches comme de mes torts, de ne pas revenir sur les bonnes et les mauvaises raisons qui nous ont conduits jusque-là.

Il fallait que tu le saches pour pouvoir éventuellement me faire un signe à ton tour.

J'espère que tu te portes bien.

François

La lettre de François me remplit d'un bonheur immense. C'est ce qui rend l'amitié si remarquable : on croit en avoir fait le tour et soudain, au saut d'une phrase, au détour d'un mot, elle revient, elle surgit, elle reprend. Toute amitié vraie est tempête, vitesse, ouragan, c'est l'élément glissant du vent. Alors, tout semble à nouveau possible et joyeux.

Quelques années plus tard, le 11 mars 2011, à 7 h 13 du matin heure de Paris, alors qu'un tremblement de terre sans précédent vient de frapper le Japon, et avant même que l'urgence nucléaire se déclare à la centrale de Fukushima, je reçois un message de soutien et d'amitié, le premier d'une longue série. Il est signé François.

3

LES AVENTURIERS DU SON

Les deux années qui ont suivi l'échec du film *Dans l'œil du chat* ont été, pour reprendre une expression de François lui-même, « une très sale période ».

Les projets divers et variés ne manquent pas, certains alimentaires, d'autres plus personnels, mais aucun ne se concrétise. Il y a des circonstances extérieures et objectives très défavorables, la crise économique, les budgets en baisse, la modification du statut des intermittents du spectacle, mais aussi un état psychologique qui contribue à ce qu'on ne peut décrire que comme un passage à vide. Quelque chose s'est cassé au Japon, non seulement dans sa vie personnelle, mais aussi certainement dans son rapport au cinéma. Sa conception très exigeante du cinéma comme création – et non comme divertissement –, il ne la retrouve plus nulle part, ou presque.

Une des seules exceptions fut pour lui le travail de Lars von Trier. Il aura toujours une grande admiration pour le réalisateur danois, auteur de films sulfureux et inventifs :

Breaking the Waves et *Les Idiots* notamment (son préféré), qui lui semblaient les plus capables, dans leur radicalité, d'ébranler « le vieux diplodocus cinématographique ». Il fut immédiatement sensible par exemple aux principes innovants énoncés pour la première fois par le manifeste *Dogme 95*, le 20 mars 1995 à Paris, au théâtre de l'Odéon, lors d'une rencontre justement intitulée « Le cinéma vers son deuxième siècle », et qui furent distribués ce soir-là, sous la forme de petits tracts rouges, à une audience médusée.

Qu'est-ce que *Dogme 95*? Un manifeste pour un nouveau cinéma, fondé sur quelques principes simples : l'obligation de tourner caméra *à la main*, la mise en sourdine du narcissisme de l'auteur (le nom du réalisateur ne doit pas être mentionné), le refus d'être rangé sous l'étiquette d'un genre, la prohibition des actions simulées et des artifices optiques (le sexe doit avoir *réellement* lieu), le tournage *in situ* et l'éclairage naturel, l'interdiction des filtres, du son additionnel, du maquillage, la place prépondérante de l'improvisation... Enfin, l'accent mis sur l'*ici et maintenant* de l'action et, plus que tout, la règle ultime – non écrite – qui est qu'on peut toujours déroger aux règles, bref la suspension de tous les rouages de l'illusion spectaculaire globalement marchandisée. Il voyait dans cette série de contre-propositions expérimentales une autre manière de filmer et un réflexe salutaire, en réaction aux productions majoritaires de l'industrie cinématographique et à la pression sociale qu'elles véhiculent, afin de « briser les vagues » du conformisme et de réinventer le cinéma.

Dix ans plus tard cependant, ce mouvement est dissous et la machinerie cinématographique est plus omnipotente que jamais. L'idée de remettre en cause le langage cinématographique conventionnel pour initier une véritable réflexion sur ce qu'est devenu aujourd'hui le cinéma s'est formidablement éloignée et l'échec du film japonais sonne d'une certaine manière le glas de ses rêves. Le diplodocus cinéma était déjà mort, il est maintenant définitivement enterré : tout juste si l'on peut encore rêver à la taille des herbes qu'il foulait.

Pourtant, les rapports de l'art et du réel, savoir comment représenter le monde pour *réellement* l'exprimer, ces questions taraudent toujours François. Nourri de son expérience avec Alain Cavalier et de sa passion pour Lars von Trier, il a tenté pendant des années de leur trouver au cinéma une forme satisfaisante. Mais paradoxalement, c'est dans un tout autre registre qu'il va bientôt commencer à leur donner une réponse singulière. En 2009, une nouvelle fenêtre s'ouvre. C'est une fenêtre sonore, il s'y faufile sans hésiter : il devient réalisateur de fictions pour la radio, à France Culture.

*

J'ai commencé ma nouvelle vie à Radio France. C'est le pont supérieur d'un paquebot rond. Première classe, l'air du large et un bel horizon dégagé. Je respire et je m'amuse.

Devoir faire une fiction par semaine ou presque, ça change d'un film tous les douze mois dans les périodes les plus fastes. Pas le temps de ratiociner, de s'angoisser… Il faut être créatif, vite, et penser déjà au texte suivant… Ce qui donne au travail une légèreté que je n'avais jamais connue. C'est la cadence dans ce qu'elle peut avoir d'intéressant parce qu'elle demeure artisanale.

Une *vita nuova*, donc. Sur le « paquebot rond » de Radio France, peu à peu François se rouvre, il reprend confiance en lui, il découvre de nouveaux textes et respire à nouveau l'air du large : « Je lis, je lis, je lis : je lis du matin jusqu'au soir et je lis toute la nuit. » Surtout, il y rencontre aussi des personnes formidables. Ingénieurs, chefs opérateurs, techniciens, toute une escouade artistique et technique dédiée aux métiers du son et sur laquelle il pourra compter.

C'est le monde quasi invisible de la radio, le peuple perché des antennes et le fin gibier des studios, tous les esprits animaux qui transforment le bruit en son : grâce à lui, François va vivre les moments les plus heureux de sa vie de créateur. Cela s'appelle la « réalisation sonore » : une fabrique concrète en même temps qu'un couronnement, un véritable accomplissement par le son.

À Lakanal déjà, François écoutait la radio toute la nuit, en alternance avec les *Suites* de Bach qu'il se passait en boucle toute la journée. Dans la chambre voisine, j'entendais très distinctement toute la journée la sarabande des trilles, et toute la nuit le grésillement des ondes. La radio était juste à côté du lit, il dormait littéralement le transistor collé à l'oreille, il s'enroulait dans les volutes du sommeil en même temps que dans celles du son. À Radio France, il va pouvoir donner libre cours comme jamais à sa passion.

*

Il faut rendre hommage aux hommes de radio, ces aventuriers du son. Dans des pièces froides, aux murs nus, ils font retentir les timbres et naître les couleurs. Au début, il n'y a rien : une table ronde, des chaises, des micros. Quelques instruments de musique, une batterie, un vieux clavecin. Un gobelet de thé, une bouteille d'eau. Les murs sont tapissés de plaques de bois, pour l'acoustique. On voit des casques qui traînent, des anoraks sur les dossiers. Posé sur la table, un simple feutre blanc coiffé d'un capuchon noir.

Des gens sont autour d'une table, en train de lire, chacun pour soi et pourtant tous ensemble. Ils lisent, ils posent leur voix, ils la cherchent, ils la placent... Des gens sont en train de lire autour d'une table et c'est très beau.

Au-dessus des têtes et des épaules voûtées par la recherche de l'intonation la plus juste, des perches se tendent comme des bambous qui déchirent l'espace ; à leur extrémité, les gros yeux noirs des micros qui semblent voir partout. Alors, au milieu des fils, des câbles, des cordons, des sacs jetés en vrac et des empilements de sièges, un étrange phénomène s'opère : les aventuriers sont disposés en cercle, comme pour un concile, et le miracle se produit. Ils ouvrent le monde par le son.

*

La transposition à la radio de textes littéraires est un immense continent méconnu. Elle est l'œuvre de quelques fous qui, au règne planétaire de l'image, répondent par une guérilla verbale et sonore, et nous invitent à leur suite à quelques incursions violentes et aimables dans le monde des ondes. Ils portent un nom merveilleux, techniciens et artistes : ce sont les « metteurs en ondes ».

Ils sont invisibles, ils ne passent pas à la télévision, on ne les voit jamais sur les écrans. Ils ne font pas partie d'un *staff*, d'une *team*, d'un *squad*, mais forment de petites équipes mobiles et soudées, pour lesquelles *l'écoute* est primordiale et *l'entente* la ligne d'horizon. Ils n'ont pas de *baseline* et ne font pas de *conf call* : quand ils se rencontrent, c'est autour d'une table. Ils ne font pas de *brainstorming*, ils *se concertent*. Ils sont simultanément leur *front office*, leur *middle office* et leur *back office*, passant de l'un à l'autre en quelques mètres, par la voix, aussi facilement que s'il s'agissait de boire un verre d'eau. Ils ne sont pas très *must have* et encore moins *insight*, et la radio est leur vie et non pas un « support de communication ». Enfin, ils ont une manière bien à eux de créer et un savoir-faire spécifique : ils s'y connaissent en signaux sonores, en courants électriques, en membranes sensibles et en plaques magnétiques, en pupitres et en pistes, en consoles numériques. Le *nec plus ultra* : ils savent exactement où placer un micro.

Ce n'est pas pour rien qu'on parle de *prise de son* : quelque chose vibre dans l'air et il faut savoir l'attraper. Le capturer mais aussi le relâcher. L'empoigner mais aussi le déployer. Le circonscrire mais aussi le libérer. Le faire déferler. La radio est un hold-up, un cambriolage. C'est l'art de la prise.

Un texte, des voix, c'est tout. Et un endroit aussi bien qu'une technique – certains disent même un *esprit* – qui les relie : la radio.

Il y a un savoir du son, une gigantesque encyclopédie portative qui se niche entre les bronches et les poumons. C'est un trésor interne, un dépôt ancestral, d'âge en âge accumulé. Il y a aussi le réservoir illimité des bruits de la nature, le *stock*, il s'agit d'y être sensible puis de savoir l'utiliser. Ici, l'inventivité des génies du son est sans limites : on joue sur les tissus, les étoffes, les textiles, les textures. Le son peut tout faire, il suffit de savoir le manier. Avec une vitre et des éponges, on fait naître l'impression de voitures qui arrivent très vite, qui dérapent – la magie passe. Le danger, la peur ? C'est une large feuille d'acier qui tremble. Avec un seau d'eau et une corde, on vous bricole un sauvetage. Les parfums, les couleurs et les sons se répondent : comme en physique des particules, on se situe toujours aux marges de la connaissance la plus fine et de l'expérimentation la plus insensée.

Studio 110, avec des bouts de cordage, des tendeurs et des câbles, on improvise l'invisible. Tout, absolument tout, le monde du son peut tout recréer, bien au-delà du dicible. C'est l'immense pouvoir de la radio, sa suprématie bienveillante, sa royauté omnisciente, l'univers tout entier à ses genoux, ciel, nuit, globe, sphères, galaxies, sous le sceptre fragile comme un roseau du micro.

*

François travaille parfois seul, parfois en duo, en trio... Il peut aussi avoir sous sa direction quelques acteurs, jusqu'à une cinquantaine pour une série. À la radio, les acteurs n'ont plus besoin de l'image, ils ne sont plus serrés sous son joug. Alors, ils peuvent se concentrer sur autre chose : le ténu, le fluet, le subtil, le vital. Le vrai. On en revient à ce qui est impalpable mais indispensable, élémentaire mais essentiel : l'attention portée à une césure, à une intonation, l'importance d'une respiration.

Détimbrer une phrase, l'étouffer. Placer une note là où elle doit l'être, savoir faire surgir une onomatopée. Une phrase, une seule, peut prendre des accents variés, des modulations si différentes que l'ensemble des significations en est tout d'un coup bouleversé.

*

Pourtant, des fois, ça agrippe, ça bloque, ça achoppe.

Les musiciens le savent : le son demande une extraordinaire capacité de concentration pour le reproduire à sa vraie mesure. La tête dans les mains, ou la bouche pincée, François est extraordinairement concentré. Il s'absente, il s'absorbe dans le lourd silence du son, dans le travail des voix, leur gésine profonde. La main sur le sourcil, toujours : le sourcil est l'indicateur de la pression, le baromètre de l'anxiété. C'est la ligne électrique de l'enregistrement : il monte, il descend, il est inquiet, écorché. Il faut de la tension, une juste répartition des accents, une disposition équilibrée des pauses, une claire distribution des volumes… Radio : chercher la justesse, tout le temps. « Un poil plus. Un poil plus près encore », dit-il en se triturant le sourcil, bien sûr. Il a raison : tout se joue sur le fil du rasoir.

C'est un sprint sonore. Les prises se succèdent à une vitesse incroyable : on voit rarement des gens travailler à cette vitesse-là. Le studio est en ébullition.

L'effort est à son comble. Il faut diriger les comédiens, dire quand ça va, quand ça va moins bien, quand ça ne va pas. L'humour tient un rôle important. On joue avec la voix des gens : autant dire avec ce qu'ils ont en eux de plus profond, de plus intime, de plus précieux… de plus fragile aussi. La moindre maladresse peut faire tomber tout l'édifice de l'enregistrement. Une fausse note et la confiance s'en va, on tombe dans des déclamations moroses, ou empesées, ou surjouées. François donne des idées, des intuitions, des conseils, on sent qu'il est en empathie avec ses comédiens, qu'il les soutient autant qu'il les entraîne.

Avec leurs deux grosses boules noires perchées au bout de très longues tiges, les micros sont des têtes chercheuses. Des bêtes monstrueuses pour un résultat enchanté. Ils traquent le son, le souffle, mais à travers eux, la chose la plus difficile à capter : l'émotion.

La position du corps est très importante. Dans un studio d'enregistrement, le moindre bruit prend une importance inaccoutumée. Tout devient d'un coup très sensible, la température du corps, les fluides, les humeurs… On renifle et c'est toute une affaire. On se passe la main sur le nez ou dans les cheveux : le moindre geste prend une signification insoupçonnée. C'est tout le grand ballet intérieur des particules qui se joue, qui se suggère, qui s'expectore.

La prise de son est une prise de sang, une transfusion fondamentale. Ça vient de très loin, ça remonte d'entre les siècles, du fond des âges. « Il faut le voir pour le croire », a-t-on coutume de dire. Non, il faut l'entendre pour le croire, et il faut le croire pour l'entendre, chaque son et chaque geste prend soudain une importance réversible. On comprend alors de quels rêves obscurs nous sommes faits, de quelle étoffe sensible, délicate, arachnéenne, nous sommes tissés.

*

Enfin, il y a le montage. Si l'enregistrement est un sprint, le montage est un marathon. Le « metteur en ondes », comme l'écrivain, travaille sur une table : la table de montage. Il faut de la passion et de la patience. La variété des contenus doit correspondre à celle des traitements sonores. En fonction du lieu (intérieur, extérieur), des effets recherchés, du rythme du texte, il va pourchasser le meilleur arrangement à travers l'infinie variété des réglages possibles. Les cellules de montage sont comme des cellules grises. C'est le travail même de l'intelligence.

Le choix de la musique sera bien sûr déterminant. Là, François peut s'en donner *à cœur joie* : luth, hautbois, piano, clavecin, flûte, et parfois même orchestre symphonique. Il crée un véritable organisme complexe de timbres et de tonalités, de paroles et de silences. C'est une *lecture* au sens le plus complet du terme.

Et puis tout disparaît, le son s'évanouit. Les comédiens rentrent chez eux, les techniciens rangent les câbles, les ingénieurs quittent le plateau. La jolie comédienne blonde remet son manteau et relève son col, tout le monde s'en va : l'émission se volatilise en attendant sa résurrection, bientôt par les ondes, partout dans le monde. On croirait presque

que c'est un rêve, que rien n'est arrivé. On se retrouve seul, dans le calme et dans la nuit.

*

Enregistrement : 15 jours.

Montage : 30 jours.

Mixage : 2 jours par épisode.

La plupart du temps entre 15 et 20 jours.

Il y a des accidents bien sûr, des problèmes, des improvisations, mais pour que celles-ci puissent justement survenir, il faut que tout soit minuté, réglé *comme du papier à musique*. Quelquefois, on sort du studio, on va dans la rue, on devient l'oreille d'un parking, d'une rocade, d'un champ de blé. Alors, quand une scène est réussie, quand une ambiance passe, quand un texte respire sous la peau, par le rythme, par le corps, par la voix, quand la prise est parfaite, on peut entendre François se lever, enthousiaste : « On l'a ! On l'a, on l'a, on l'a ! C'est parfait ! »

*

Hommage à la radio. La radio est une reine.

La radio a pratiquement sauvé la vie de François, elle lui a permis de se retrouver dans son rapport à l'art et dans ses relations avec les autres. Mais il le lui a rendu au centuple : ses réalisations radiophoniques sont le plus souvent vives, précises, enlevées. Certaines d'entre elles sont de petits bijoux d'écoute, des mosaïques vivantes où se retrouvent immédiatement son style, et sa voix parmi toutes les autres voix. Il a presque su créer un nouveau genre : le *film sonore*.

Mais en dehors de leur qualité intrinsèque, et de l'éventail toujours renouvelé des lectures qu'elles proposent, ce qui m'intéresse dans les œuvres radiophoniques de François, c'est qu'elles révèlent un des points essentiels de notre amitié et, par-delà, je le crois, de toute amitié.

François était un homme d'écoute. Il savait ouvrir l'oreille, et c'est pourquoi il pouvait susciter l'affection la plus profonde. Car l'amitié n'est rien d'autre que cela : une écoute. C'est-à-dire l'ouverture à une pulsation, une vibration. Ou pour le dire plus concrètement encore, une corde tendue entre les êtres, fragile, ténue, tenace, qui surmonte le vide et ne repose sur rien.

4

LA GRACIOSA

Maintenant je vois les ombres courir sur les murs de pierre. Le vent fait craquer l'immeuble. Sur le toit d'ardoises glisse l'ombre du soir. Une feuille de papier traverse la chambre, entre par une porte et ressort par une autre, poussée par le vent. Sur la terrasse d'en face, on discerne des vêtements en train de sécher sur une corde à linge. C'est tout ce qu'il reste le plus souvent, à la fin : des ombres, du linge.

*

Jeudi 26 décembre sur l'île de La Graciosa, aux Canaries.

La Graciosa porte bien son nom, c'est une enchanteresse. Combien de fois François m'en a-t-il parlé ? « Graciosa la gracieuse », « Graciosa la grâce divine », « la bien nommée Graciosa, ce petit caillou des Canaries » : il était tombé amoureux de cette mince langue de sable et de roche, huit kilomètres de long sur quatre de large, à l'écart du tourisme de masse, nichée dans l'immensité des flots.

Il y va régulièrement pour faire « le plein d'iode, d'alizé, de soleil et même de pluie ». Il ne savait pas que chaque fois, c'était de sa propre mort qu'il me parlait.

Sur La Graciosa, il y a un village, un port, quelques plages et rien d'autre. Pas de routes goudronnées, juste du sable. Pas de pollution : les véhicules à moteur sont interdits, sauf exception. Les restaurants se comptent sur les doigts d'une main. On y boit un petit vin rouge pimpant et léger. Les poissons y sont toujours frais.

La Graciosa : il semble que l'été règne toujours dans ces parages. Quand le temps est clair et que le vent souffle raisonnablement, la mer est comme un fleuve, le jour est gai, avec de beaux ciels bleus brodés de nuages blancs, dont les traînes émerveillent François. Les ondes et les vagues se jouent de mille manières. Et les nuits sont encore plus belles.

L'ensemble de ces terres qui émerge dans un friselis d'écume à la crête des eaux forme un paysage d'une beauté presque surnaturelle. Attention cependant : à leur abord, les courants sont puissants et le plus souvent imprévisibles, ils changent en fonction du relief sous-marin, de la force et de la direction des vents. La mer peut être calme et douce, puis soudainement robuste. Les courants dérivants sont souvent parallèles au rivage : la plupart du temps, quand on va nager, on ne ressort pas de l'eau à l'endroit où l'on était entré.

*

J'ai cherché, je me suis documenté, j'ai essayé de comprendre.

On croit souvent, à tort, que les vagues sont créées par les marées. En réalité, c'est le vent qui en est à l'origine. La houle se forme d'abord au large. Plus la surface sur laquelle souffle le vent sans rencontrer d'obstacles est importante, plus la hauteur des vagues est grande. Lorsque la vague s'approche des côtes, la profondeur de l'eau modifie encore son profil : plus la pente sous-marine est abrupte et plus elle sera grande. Puis, tout devient effroyablement simple : l'onde s'approche du rivage, sa courbure s'accentue, la hauteur de crête augmente, l'eau bascule en avant et la vague déferle.

La plage de Las Conchas, où Bahia et François vont perdre la vie, est une des plus belles du monde. Mais c'est aussi une des plus isolées, de l'autre côté du petit port de Caleta de Sebo, le seul point d'accès de l'île. Presque en face, on voit l'île de la Montagne claire et, plus loin encore, l'île Alegranza, où des milliers d'oiseaux marins planent au-dessus d'une caldeira magnifique. La position des îles crée des zones d'accélération, où le vent est canalisé entre la chaîne de montagnes Los Riscos et l'île de La Graciosa. Le « fort sud-est » en particulier est un vent redoutable : il se lève à toute heure et décroche les ancres, la mer frémit et se soulève à son approche, les tourbillons d'écume se forment très rapidement à la cime des lames. Il est incontrôlable : on ne le sent pas approcher, on ne peut jamais savoir quand il commence à souffler et il retombe aussi brusquement qu'il s'était levé.

Loin au large, les vagues se forment. Elles sont composées de la superposition incessante d'une multitude de vagues élémentaires. C'est l'infini en acte, souple et mobile, liquide. Les vagues s'accumulent et se chevauchent, dans un hennissement d'écume irrépressible, elles passent à chaque instant les unes sous les autres, dans une combinaison inépuisable et complètement aléatoire : elles se recouvrent ou elles s'étagent, elles interfèrent et se menacent, elles se rejoignent et se séparent, dans une turbulence incessante qui est le mouvement même de la vie.

La formation des vagues, leur fréquence, leur violence, leur amplitude : c'est un des domaines où la science est le plus incertaine. Je songe, ironie cruelle, à quel point cela t'aurait intéressé, toi qui passais ton temps dans les livres d'histoire et de sciences et avais intitulé un de tes films : *Surprises de la matière*. Pour comprendre les vagues, on utilise souvent des modèles physiques, fondés sur la mécanique des fluides. Mais des scientifiques vont aujourd'hui jusqu'à postuler que certaines d'entre elles suivent les règles de la mécanique quantique, que décrit la fameuse équation non linéaire de Schrödinger dont nous avions tant parlé. Les ondes des vagues ne se propageraient pas de manière linéaire, il semblerait que les vagues interagissent, les plus grandes prenant l'énergie des plus petites. Une chose est sûre : elles finissent par former des ensembles dont la violence est bien supérieure à la somme de leurs parties.

La mer nous donne facilement l'impression d'une certitude et d'une unité : le paysage est une image, stable, protégée des fêlures par le poli de la carte postale ou par celui de l'écran. La mer ne refuse rien, elle n'exclut personne. Elle est l'image idéale de l'adhésion du monde à soi. C'est une sorte de présent pur, merveilleux, miroitant. Mais au fond du fond, c'est un abreuvoir sauvage, et sa rumeur s'étend bien au-delà de notre compréhension.

*

Jeudi 26 décembre d'une année qui n'existe plus. Je pense à la mer et je pense au vent. Je scrute les dépêches, les photos, les cartes et les lettres qui me reviennent, comme des épaves rapportées sur la grève par l'océan.

J'aurais aimé penser que François est parti d'une belle mort, dans cet endroit paradisiaque, dans la mer et le sel, avec le soleil qui tournoie – mais je sais qu'il a voulu s'en sortir et, surtout, qu'il a pensé à Bahia jusqu'à la fin. J'imagine son angoisse et je me dis que c'est juste une mort atroce, absurde. Alors, un vent aigre souffle sur les roseaux des sables et ma mémoire se cabre : la vague retombe, impitoyable.

Ce matin-là, il y a des nuages, il ne fait pas très chaud mais il n'y a pas beaucoup de vent. Tout va très vite : une seule vague, brutale, inexplicable, suffira. Sur la plage de Las Conchas, alors qu'ils ne font rien d'autre que marcher, la vague les harponne et soudain ils traversent le miroir liquide. Il leur semble que cela dure un siècle et cela n'est qu'une seconde. Alors, tout se passe à une vitesse prodigieuse, ils sont emportés au large, le monde s'éloigne infiniment.

La mer, cette prodigieuse masse d'eau… Mais où est la ligne clignotante du rivage, le détroit tout à coup a changé de face. Que peux-tu faire contre la mer ? Il faudrait que la houle s'apaise, il faudrait qu'un bateau vienne. Mais la mer a tout son temps, c'est une immense patience d'eau, de sel et d'algues, un appareil à regarder le temps.

Bientôt, tout prend une densité de pierre. La mer est hostile, la lumière de l'hiver leur donne un sentiment de détresse et de froid. Ils sont peu à peu gagnés par l'incompréhensible. C'est un vaste pays liquide qui s'ouvre sous leurs pieds. Une puissance formidable les tire vers le fond, le cercle de l'éclipse se boucle lentement, le monde se dissipe dans une odeur de sel et les cris des oiseaux. C'est le bout du rouleau, la revanche de la voie liquide : la fenêtre se referme. Maintenant, il n'y a plus ni enfance ni mémoire. Maintenant, il n'y a plus de pêcheurs sur la mer. Maintenant, c'en est fait même du silence.

La mort est un texte glaçant et fort et la peur vient toujours trop tard. Au-dessus de la houle ininterrompue de la mer des Canaries, les mouettes se figent dans les airs. Elles battent des ailes, immobiles. Combien de temps cela dura, je ne veux pas l'imaginer : cela n'appartient pas au temps des choses qui arrivent. Déjà je suis à la limite, le moment approche où moi non plus je ne pourrai pas aller plus loin. Maintenant, je ne peux que me tenir avec eux à cet instant précis de la narration et la maintenir la plus douce, la plus aimante possible, coûte que coûte, pour les envelopper d'une phrase, la plus tendre possible, un vêtement ponctué où flotte une dernière fois leur sourire, pour leur redonner un peu de cet air libre et de cette chaleur qui à cet instant leur ont tant manqué.

Il m'est arrivé, comme à tous les proches sans doute, de rêver, de divaguer dans la douleur, d'imaginer un autre déroulement des événements… François ce matin-là n'aurait pas voulu aller à la plage, « écoute Sylvia, j'ai du travail », ou bien Bahia aurait pris froid et serait restée au lit, un coup de téléphone impromptu les aurait fait dévier de leur course, ils ne seraient pas passés à cette minute précise et à cet endroit-là… Mais non. On ne peut pas faire marche arrière. On ne peut pas rembobiner le film ou refaire la prise. Terribles sont les choses quand elles émergent hors d'elles-mêmes, c'est le fond du réel qui soudain se soulève et surgit devant vous.

À 12h25, un hélicoptère de sauvetage est envoyé sur les lieux, mais c'est déjà trop tard. Un bateau repêchera les deux adolescents qui les accompagnaient et ont été eux aussi emportés par la vague – deux miraculés, la seule bonne nouvelle de ce jour-là –, mais nul ne pourra rien pour sauver François et Bahia.

*

Le 11 décembre 2013, François poste son dernier message public sur sa page Facebook. Il donnera encore quelques nouvelles en messagerie privée, mais c'est la dernière phrase qu'il écrira pour ses amis du monde entier. Cette phrase, la voici :

« La dernière est toujours la meilleure. Je souhaite un bon voyage aux flâneurs. »

Cette « dernière », il s'agit de la sixième – et dernière – émission d'une série intitulée « Géographie du poème ». Elle est consacrée à une petite maison d'édition nommée La Passe du vent. C'est la dernière émission enregistrée par François.

*

Cette nuit, j'ai fait un rêve. Nous marchons avec François dans une vaste plaine vers une barrière blanche. Un vent bleuté frôle nos têtes. Le ciel est couvert, mais une lumière anormalement puissante éclaire toute la plaine et l'on peut voir au loin dans les moindres détails. À l'arrière-plan, des prairies et des villages, une église qui s'éloigne, des champs à perte de vue. De l'autre côté, il y a la mer, des récifs et ce qui ressemble à une plage. La barrière blanche borde la plage. Du plus loin que porte le regard, on ne peut voir que cette mer et cette plage. Le paysage semble avoir atteint un point limite, être situé dans un éloignement qui ne saurait ni s'élargir ni s'estomper, ni s'étendre ni se dénouer.

Il neige. Le vent bleu devient blanc et la poudre recouvre le paysage. Les flocons tombent dru et le vent les emporte de toutes parts. La température baisse. La neige emplit progressivement tout le ciel et on ne distingue bientôt plus ni les champs ni la plage. Tout est froid. Il y a un peintre près de la barrière. Il travaille, il fait un portrait de François, mais son tableau n'est pas du tout ressemblant : on dirait une mauvaise imitation, banale et fade, du François authentique, avec ses gestes vifs et son regard mobile, ses grandes mains de pianiste qui volettent, magistral dans toutes ses variations. Cependant, progressivement, mystérieusement, le second François, celui du portrait, finit par se rapprocher du premier.

Parvenu comme en flottant à ce moment de mon rêve, je touche le bras de François : la température de sa peau, lentement, a rejoint celle de la neige. Je ne peux plus l'entendre et je ne peux plus l'atteindre, comme le son du piano s'évanouit au moment où l'oreille ne peut plus le capter. Il est d'une immobilité parfaite.

On dirait qu'entre les deux François il n'y a plus que la finesse d'une feuille de papier à cigarettes et que plus le temps passe, plus le François du portrait rattrape l'autre, comme un peloton rattrape un cycliste dans une échappée. Le visage réel de François ne disparaît pas tout à fait, mais il devient son portrait, il devient autre chose, tout en restant un visage. À l'instant, désormais imminent, où ils coïncideront pour n'en former plus qu'un, le temps brusquement s'immobilisera, François sera seul au sommet de sa trajectoire et le livre sera terminé.

5

LES GALERIES CHAOTIQUES

La fenêtre s'ouvre. D'ici, j'ai une vue sur les anciennes carrières de Montmartre, désormais comblées et couvertes de maisons, d'immeubles, de bars, de petits jardins privés et de squares publics, de restaurants et même de vignes. Montmartre s'est développée ainsi, à la marge, en dehors du périmètre initial de la ville, poussant sa floraison époustouflante loin des sentiers battus, poussant et faisant croître la capitale hors d'elle-même, à la périphérie.

Cette partie de Paris est construite sur un énorme vide : au XVIIIe siècle, pour accompagner l'extension de la cité vers le nord et vers l'ouest, on a commencé à ériger de nouvelles constructions à l'emplacement même où on extrayait la marne, l'ardoise ou la glaise, et surtout le fameux plâtre fin de Paris, celui qu'on appelle le « blanc parisien ». Les carrières : cet immense amphithéâtre souterrain, comptant quelque trois cents kilomètres de galeries de pierre et de sable, avait déjà fait surgir de terre le matériau servant à construire une grande partie de la ville de Paris. Mais bientôt, c'est ce chantier lui-même qui allait se trouver recouvert pour que Paris puisse encore se développer.

Louis-Sébastien Mercier raconte la scène, dans son *Tableau de Paris*, en 1781 : « Paris s'agrandissant, on a bâti insensiblement les faubourgs sur les anciennes carrières ; de sorte que tout ce qu'on voit en dehors, manque essentiellement dans la terre aux fondements de la ville : de là les concavités effrayantes qui se trouvent aujourd'hui sous les maisons de plusieurs quartiers ; elles portent sur des abîmes... Quand on y voit des crevasses, et que l'on réfléchit sur quoi porte le sol d'une partie de cette superbe ville, un frémissement secret vous saisit... Et l'on boit, et l'on mange, et l'on dort dans les édifices qui reposent sur cette croûte incertaine. »

Peu de gens le savent, mais c'est ici que furent découverts les ossements fossiles qui servirent en 1798 à Cuvier pour créer la paléontologie, la discipline scientifique qui étudie les restes fossiles des êtres vivants. J'ai une passion pour la paléontologie. Dans les vieux livres, on la définit très simplement comme la « science étudiant la vie ancienne » : il s'agit pour ainsi dire d'une étude raisonnée de la disparition. Mais on oublie souvent de dire qu'elle utilise cette analyse du passé pour interroger les implications évolutives ressortant de l'étude de ces restes. En ce sens, la paléontologie n'est pas du tout une discipline rétrograde ou périmée, au contraire : à chaque fossile, une salve d'avenir.

Notre vie est construite sur des galeries chaotiques. En contrebas se trouvent des murs, des terrasses, des tertres, toute une ville souterraine où l'on trouve des rues, des carrefours, des escaliers taillés dans la pierre, des places irrégulières et le plus souvent mal disposées. Quelquefois, des éboulements de plusieurs hectares, sur quatre à cinq mètres de profondeur ! C'est ce qu'on appelle les « galeries chaotiques ».

Et c'est de ces galeries que naissent et se soulèvent les murs déchiquetés comme les majestueuses colonnes de pierre. De ces rivières éloignées et profondes peuvent naître les plus belles cascades : des puits verticaux et des passages humides vous mènent vers de larges avenues où le soleil déploie ses reflets jaunes, tandis que des amis sur les terrasses font une partie de cartes, au milieu des rires clairs et des bouteilles de vin. Ce sont des arènes souterraines, des cavités obscures, des géodes scintillantes d'où font surface les couleurs vives des robes du soir, les châles bleus ou roses couvrant les épaules et caressant les bras, les colliers de coquillages ou de jade sur les décolletés profonds, tous surgis des écroulements de ces structures énigmatiques qui tombent en poussière.

*

J'ai quand même fini par la retrouver, la tombe. Au cimetière de Montmartre, trois ans après, un 14 août, en plein cœur de l'été.

La tombe de François et Bahia se trouve dans la sixième division, chemin Ledoux, entre l'avenue des Carrières et la rue de la Barrière-Blanche. Ce chemin, sans doute le moins fréquenté du cimetière, ouvre un passage latéral à partir de l'avenue du Tunnel. Le gravier, plus dense en cet endroit où rares sont ceux qui s'aventurent, crisse sous mes pas.

Elle est belle, cette tombe. Elle est l'œuvre de Mozart Guerra, un sculpteur brésilien, un ami. Ce n'est pas une tombe d'ailleurs, mais une immense pierre blanche inclinée vers le ciel en pente douce, et recouverte d'une plaque de béton où sont incrustées, des centaines de billes multicolores ayant appartenu à François et à Bahia, comme une supernova. Une pluie de billes rouges, bleues, vertes, quartz, agate, saumon – plongées au moment de la fabrique dans le béton brûlant et qui, curieusement, semblent désormais jaillir du matériau lui-même, dans une étrange émulsion inverse, un pétillement de l'enfance retrouvée.

Scintillement, polyphonie des pierres. Avec son plan doucement incliné et ses billes comme des perles éparpillées, la tombe conçue par Mozart Guerra n'est pas une tombe : c'est une fusée, un prototype. Une catapulte polychrome, prête à dégainer. L'intelligence de cette tombe : c'est le contraire d'une tombe. Elle ne tombe pas, elle s'élève. Il a compris, Mozart : ce n'est pas la commémoration qu'il faut rechercher, c'est l'élan qu'il faut retrouver.

Avoir un ami est une chose prodigieuse. L'ami est « une perle rare, un quasi-dieu ». Il n'y va pas de main morte, Cicéron, mais après tout il a raison. L'ami, c'est la rareté même. L'amitié est un événement *monumental* dans la vie d'un être humain. Mais ce monument n'est pas immobile et absent, terré dans quelque cimetière, il est nomade et scintillant. C'est un flamboiement portatif : on l'emporte toujours avec soi.

Les cimetières d'aujourd'hui, avec leurs chemins et leurs allées, leurs promenades plantées de cyprès, sont des lieux réservés aux morts, où il n'y a rien d'autre à faire qu'aller leur rendre visite. Notre relation à la mort est devenue décorative, paysagère et touristique. Il n'en a pas toujours été ainsi et, sous d'autres latitudes, on garde la mémoire – j'allais dire le secret – d'une topographie différente, pensée non seulement en fonction de la mort mais aussi dans la perspective des vivants. Au Japon, au moment de la floraison des cerisiers, on va festoyer sur les tombes : on s'installe entre les pierres tombales, on déploie une toile bleue sur l'herbe, puis on savoure du saké et du poulet grillé, on récite des poèmes en regardant les pétales s'envoler. À Madagascar, on retourne le mort, on l'enveloppe dans un tissu frais, on le fait danser autour de sa tombe avant de l'y réexpédier. En Chine, on fait exploser des pétards et brûler des billets !

Quant à moi, plus humblement, je pose ici ce livre, pour qu'un autre l'emporte et le porte plus loin : une façon de vous garder vivants, de vous faire exister encore dans les vagues du temps.

*

Maintenant, je vous sors du gouffre du temps. Je vous évoque, vous invoque, vous expose. Je vous fixe, c'est-à-dire qu'à la fois je vous regarde et je vous fige, pour toujours, sur le papier. Pourtant, je suis tranquille : si j'ai bien fait les choses, vous saurez vous échapper.

Je vous tire et je vous trace. Je vous tracte, vous extrais. Je vous retire de ce fond noir où vous vous êtes abîmés.

Je réponds muettement à votre appel silencieux. Je tire un trait sur tout ce qui nous a séparés.

Je vous trais, vous portrais. Un livre finalement n'est rien d'autre qu'une manière de dire : où que vous soyez, je serai. Tant que je le pourrai, je vous porterai.

*

J'ai posé le livre sur la pierre, et maintenant il faut rentrer. J'avance, je redescends, je me faufile entre les tombes… J'habite moi-même ce pays de sépultures, et, par un chemin différent, je regagne le sommet de la Butte, où est ma maison.

CODA

Il y a maintenant quatre ans que François est mort, un peu avant la fin de l'année. Depuis, je regarde de temps à autre, dans une pochette qui se trouve sur mon bureau, la seule photo de lui avec sa fille que j'ai conservée.

Aux premières lueurs de l'aube, je fais coulisser le volet. J'allume un bâtonnet d'encens à la flamme d'une bougie dont la lueur tremblotante, éclairant faiblement l'image de mon ami, rend désormais tangible la distance infinie qui m'en sépare. Les rayons de la bougie n'éclairent pas directement les visages de la photographie, mais dans la pénombre qui baigne la pièce, les contours de leur volume noir se distinguent encore plus nettement qu'en plein jour. C'est comme un cône d'ombre qui, chaque matin, dévore un peu plus chacun de leurs traits.

Je me détourne de la photo et j'essaie de me remémorer le visage de François, dans la lumière de l'aube. Les lignes de sa figure s'estompent, son regard m'échappe, puis ses sourcils, puis son sourire qui s'efface en dernier. Pourtant, le souvenir de François ne s'amoindrit pas en moi. La poussière blanche du gypse remonte des carrières. Plus le temps passe et plus je me souviens de tout.

Il y a toutes sortes de blancs. Il y a un blanc ignoble, un blanc immonde, le blanc terrible du cadavre et du drap qui le recouvre. Le blanc blafard et blême des ruptures, le blanc livide des trahisons. Mais le blanc n'est pas une couleur unie, homogène. Le blanc n'est même pas une couleur, c'est la condition de toute couleur, la lumière personnifiée. Il y a toutes sortes de blancs. Il y a le blanc légèrement bleuté qui monte le matin des arbres du parc de Sceaux. Il y a le blanc rose de l'aube sur les murs du Lycée Lakanal ou sur les pentes du cimetière de Montmartre. Le blanc de la fenêtre, immaculé et incolore, où l'on s'appuie pour respirer un peu d'air frais et regarder les oiseaux qui s'envolent dans le ciel blanc et pur. Le blanc crayeux de la Corse, des fromages et du beurre frais, le blanc des pêches et de la vigne, le sémillon, la muscadelle, l'entre-deux-mers, le merlot blanc. Il y a le blanc diffus des salles obscures, le blanc d'argent du grand écran, quand Hitchcock l'envahit et le transperce en même temps. Le blanc toubab du Sénégal, le blanc d'ivoire du piano, le blanc platine de la radio, le blanc effervescent des studios. Le blanc champagne de Bahia, crème de lys, parfum lilas, et le blanc de la page blanche où vient s'inscrire votre histoire désormais, tandis que sur une branche de l'arbre tout proche, attirées par les graines et les fruits, deux mésanges bleues sont venues se poser.

TROISIÈME PARTIE

BREAKING THE WAVES

L'INFINI

Dans la même collection

Daniel ACCURSI *Le néogâtisme gélatineux — La nouvelle guerre des dieux — La pensée molle*

Louis ALTHUSSER *Sur la philosophie*

Dominique AURY *Vocation : clandestine (Entretiens avec Nicole Grenier)*

Frédéric BADRÉ *L'avenir de la littérature*

Olivier BAUMONT *«À l'Opéra, monsieur!» (La musique dans les* Mémoires *de Saint-Simon)*

Frédéric BEIGBEDER *Nouvelles sous ecstasy*

Pierre Alain BERGHER *Les mystères de* La Chartreuse de Parme *(Les arcanes de l'art)*

Emmanuèle BERNHEIM *Le cran d'arrêt*

Frédéric BERTHET *Journal de Trêve — Felicidad — Daimler s'en va — Simple journée d'été*

Victor BOCKRIS *Avec William Burroughs (Notre agent au Bunker)*

Amélie de BOURBON PARME *Le sacre de Louis XVII*

Pierre BOURGEADE *L'objet humain — L'argent — Éros mécanique — La fin du monde*

Judith BROUSTE *Le cercle des tempêtes — Jours de guerre*

Antoine BUÉNO *L'amateur de libérines*

Alain BUISINE *Les ciels de Tiepolo*

Emmanuel CATALAN *Prolégomènes à une révolution immédiate*

Brigitte CHARDIN *Juste un détour*

Frank CHARPENTIER *La Dernière Lettre de Rimbaud*

COLLECTIF *Poésie hébraïque du IVe au XVIIIe siècle (Choix de poèmes)*

COLLECTIF (sous la direction de Yannick Haenel et François Meyronnis) Ligne de risque *(1997-2005)*

Béatrice COMMENGÉ *Et il ne pleut jamais, naturellement — L'homme immobile — Le ciel du voyageur — La danse de Nietzsche*

Gilles CORNEC *Gilles ou Le spectateur français — L'affaire Claudel*

Michel CRÉPU *Lecture (Journal littéraire 2002-2009* – La Revue des Deux Mondes*)*

Catherine CUSSET *La blouse roumaine*

Marc DACHY *Il y a des journalistes partout (De quelques coupures de presse relatives à Tristan Tzara et André Breton)*

Joseph DANAN *Allégeance*

René DEFEZ *Méditations dans le temple*

Raphaël DENYS *Le testament d'Artaud*

Marcel DETIENNE *L'écriture d'Orphée*

Conrad DETREZ *La mélancolie du voyeur*

Jacques DRILLON *Sur Leonhardt — De la musique*

Bernard DUBOURG *L'invention de Jésus,* I et II *(L'Hébreu du Nouveau Testament* et *La fabrication du Nouveau Testament)*

Hélène DUFFAU *Combat — Trauma*

Benoît DUTEURTRE *Tout doit disparaître — L'amoureux malgré lui*

Alexandre DUVAL-STALLA *François-René de Chateaubriand-Napoléon Bonaparte : une histoire, deux gloires (Biographie croisée) — Claude Monet-Georges Clemenceau : une histoire, deux caractères (Biographie croisée) — André Malraux-Charles de Gaulle : une histoire, deux légendes (Biographie croisée)*

Raphaël ENTHOVEN *Le philosophe de service (Et autres textes) — L'endroit du décor*

Hans Magnus ENZENSBERGER *Feuilletage — La grande migration* suivi de *Vues sur la guerre civile*

François FÉDIER *Soixante-deux photographies de Martin Heidegger*

Jean-Louis FERRIER *De Picasso à Guernica (Généalogie d'un tableau)*

Michaël FERRIER *François, portrait d'un absent — Mémoires d'outre-mer — Fukushima (Récit d'un désastre) — Sympathie pour le fantôme — Tokyo (Petits portraits de l'aube)*

Alain FLEISCHER *Prolongations — Immersion*

Philippe FOREST *L'enfant éternel*

Hadrien FRANCE-LANORD *La couleur et la parole (Chemins de Paul Cézanne et de Martin Heidegger)*

Philippe FRAISSE *Le cinéma au bord du monde (Une approche de Stanley Kubrick)*

Jean GATTY *Le président (Dialogue) — Le journaliste (Dialogue)*

Henri GODARD *L'autre face de la littérature (Essai sur André Malraux et la littérature)*

Romain GRAZIANI *Fictions philosophiques du « Tchouang-tseu »*

Camille GUICHARD *Vision par une fente*

Cécile GUILBERT *L'écrivain le plus libre — Pour Guy Debord — Saint-Simon ou L'encre de la subversion*

Pierre GUYOTAT *Vivre*

Yannick HAENEL *Tiens ferme ta couronne — Je cherche l'Italie — Les Renards pâles — Jan Karski — Cercle — Évoluer parmi les avalanches — Introduction à la mort française*

Yannick HAENEL et François MEYRONNIS *Prélude à la délivrance*

Martin HEIDEGGER *La dévastation et l'attente (Entretien sur le chemin de campagne)*

Jean-Luc HENNIG *De l'extrême amitié (Montaigne & La Boétie) — Voyou* suivi de *Conversation au Palais-Royal* par Mona Thomas — *Femme en fourreau — Apologie du plagiat — Bi (De la bisexualité masculine)*

Friedrich-Wilhelm von HERRMANN et Francesco ALFIERI *Martin Heidegger (La vérité sur ses* Cahiers noirs*)*

Jean-Louis HOUDEBINE *Excès de langage*

Nicolas IDIER *La musique des pierres*

Alain JAUBERT *La moustache d'Adolf Hitler (Et autres essais) — Val Paradis — Palettes*

Régis JAUFFRET *Sur un tableau noir — Seule au milieu d'elle*

Christine JORDIS *L'aventure du désert*

Alain JOUFFROY *Conspiration — Manifeste de la poésie vécue (Avec photographies et arme invisible)*

Jack KEROUAC *Journaux de bord (1947-1954) — Vieil Ange de Minuit* suivi de *citéCitéCITÉ* et de *Shakespeare et l'outsider*

Alain KIRILI *Statuaire*

Julia KRISTEVA *Histoires d'amour*

Bernard LAMARCHE-VADEL *Tout casse — Vétérinaires*

Louis-Henri de LA ROCHEFOUCAULD *La Révolution française*

Lucile LAVEGGI *Le sourire de Stravinsky — Damien — Une rose en hiver — La spectatrice*

Sandrick LE MAGUER *Portrait d'Israël en jeune fille (Genèse de Marie)*

Bruno LE MAIRE *Musique absolue (Une répétition avec Carlos Kleiber)*

Gordon LISH *Zimzum*

Jean-Michel LOU *Corps d'enfance corps chinois (Sollers et la Chine) — Le petit côté (Un hommage à Franz Kafka)*

Pierre MARLIÈRE *Variations sur le libertinage (Ovide et Sollers)*

Éric MARTY *Une querelle avec Alain Badiou, philosophe — Bref séjour à Jérusalem — Louis Althusser, un sujet sans procès (Anatomie d'un passé très récent)*

Gabriel MATZNEFF *Les Demoiselles du Taranne (Journal 1988) — Calamity Gab (Journal janvier 1985-avril 1986) — Mes amours décomposés (Journal 1983-1984) — Les Soleils révolus (Journal 1979-1982) — La passion Francesca (Journal 1974-1976) — La prunelle de mes yeux*

Jeffrey MEHLMAN *Legs de l'antisémitisme en France*

François MEYRONNIS *Tout autre (Une confession) — Brève attaque du vif — De l'extermination considérée comme un des beaux-arts — L'Axe du Néant — Ma tête en liberté*

Catherine MILLOT *La vie avec Lacan —* O Solitude *— La vie parfaite (Jeanne Guyon, Simone Weil, Etty Hillesum) — Abîmes ordi-*

naires — Gide Genet Mishima (Intelligence de la perversion) — La vocation de l'écrivain

Claude MINIÈRE *Encore cent ans pour Melville — Pound caractère chinois*

Emmanuel MOSES *Rien ne finit — Ce jour-là — Le théâtre juif (Et autres textes) — Le rêve passe — Un homme est parti*

Stéphane MOSÈS *Instantanés* suivi de *Lettres à Maurice Rieuneau (1954-1960) — Rêves de Freud (Six lectures)*

Philippe MURAY *Le XIXe siècle à travers les âges*

Marc-Édouard NABE *Je suis mort — Visage de Turc en pleurs — L'âme de Billie Holiday*

Alain NADAUD *Voyage au pays des bords du gouffre — L'envers du temps — Archéologie du zéro*

Dominique NOGUEZ *L'homme de l'humour — Le grantécrivain (& autres textes) — Immoralités* suivi d'un *Dictionnaire de l'amour — Amour noir — Les Martagons*

David di NOTA *Ta femme me trompe — Bambipark* suivi de *Têtes subtiles et têtes coupées — J'ai épousé un Casque bleu* suivi de *Sur la guerre — Projet pour une révolution à Paris — Traité des élégances,* I *— Quelque chose de très simple — Apologie du plaisir absolu — Festivité locale*

Rachid O. *Ce qui reste — Chocolat chaud — Plusieurs vies — L'enfant ébloui*

Jean-Luc OUTERS *Le dernier jour*

Marc PAUTREL *La vie princière — La sainte réalité (Vie de Jean-Siméon Chardin) — Une jeunesse de Blaise Pascal — Orpheline — Polaire — Un voyage humain — L'homme pacifique*

Marcelin PLEYNET *L'expatrié — Le retour — L'étendue musicale — Chronique vénitienne — Le savoir-vivre — Rimbaud en son temps — Le Póntos — Les voyageurs de l'an 2000 — Le plus court chemin (De* Tel Quel *à* L'Infini*) — Le propre du temps — Les modernes et la tradition — Prise d'otage — Fragments du chœur*

Olivier POIVRE D'ARVOR *Les dieux du jour (Essai sur quelques mythologies contemporaines)*

Jean-Yves POUILLOUX *L'art et la formule — Montaigne, une vérité singulière*

Lakis PROGUIDIS *Un écrivain malgré la critique (Essai sur l'œuvre de Witold Gombrowicz)*

Jean-Luc QUOY-BODIN *Un amour de Descartes*

Thomas A. RAVIER *L'œil du prince — Éloge du matricide (Essai sur Proust) — Le scandale McEnroe — Les aubes sont navrantes*

Valentin RETZ *Noir parfait — Double — Grand Art*

Alina REYES *Quand tu aimes, il faut partir — Au corset qui tue*

Jacqueline RISSET *Les instants les éclairs — Petits éléments de physique amoureuse*

Alain ROGER *Proust, les plaisirs et les noms*

Dominique ROLIN *Plaisirs (Entretiens avec Patricia Boyer de Latour) — Train de rêves — L'enfant-roi*

André ROLLIN *Quelle soirée*

Clément ROSSET *Route de nuit (Épisodes cliniques)*

Jean-Philippe ROSSIGNOL *Vie électrique*

Wanda de SACHER-MASOCH *Confession de ma vie*

Guillaume de SARDES *L'Éden la nuit*

Jean-Jacques SCHUHL *Obsessions — Entrée des fantômes — Ingrid Caven*

Bernard SICHÈRE *L'Être et le Divin — Pour Bataille (Être, chance, souveraineté) — Le Dieu des écrivains — Le Nom de Shakespeare — La gloire du traître*

Philippe SOLLERS *Poker (Entretiens avec la revue* Ligne de risque*) — Le rire de Rome (Entretiens avec Frans De Haes)*

Leo STEINBERG *La sexualité du Christ dans l'art de la Renaissance et son refoulement moderne*

Mathieu TERENCE *De l'avantage d'être en vie*

Bernard TEYSSÈDRE *Le roman de l'Origine* (Nouvelle édition revue et augmentée)

Olivier-Pierre THÉBAULT *La musique plus intense (Le Temps dans les* Illuminations *de Rimbaud)*

François THIERRY *La vie-bonsaï*

Chantal THOMAS *Casanova (Un voyage libertin)*

Guy TOURNAYE *Radiation — Le Décodeur*

Jeanne TRUONG *La nuit promenée*

Jörg von UTHMANN *Le diable est-il allemand?*

R. C. VAUDEY *Manifeste sensualiste*

Philippe VILAIN *L'été à Dresde — Le renoncement — La dernière année — L'étreinte*

Arnaud VIVIANT *Le Génie du communisme*

Patrick WALD LASOWSKI *Dictionnaire libertin (La langue du plaisir au siècle des Lumières) — Le grand dérèglement*

Bernard WALLET *Paysage avec palmiers*

Stéphane ZAGDANSKI *Miroir amer — Les intérêts du temps — Le sexe de Proust — Céline seul*

Composition Entrelignes.
Achevé d'imprimer
sur Roto-Page
par l'Imprimerie Floch
à Mayenne, le 12 novembre 2018.
Dépôt légal : novembre 2018.
1er dépôt légal : juin 2018.
Numéro d'imprimeur : 93502.

ISBN 978-2-07-280142-6 / Imprimé en France.

349015